家国处处入梦

读者原创版编辑部 —— 编

甘肃文化出版社

甘肃·兰州

U0575478

图书在版编目（ＣＩＰ）数据

家国处处入梦 ／《读者》（原创版）编辑部编 ． --
兰州 ： 甘肃文化出版社，2021.7（2024.12 重印）

（故事里的中国印象）
ISBN 978-7-5490-2081-2

Ⅰ．①家… Ⅱ．①读… Ⅲ．①纪实文学－作品集－中
国－当代 Ⅳ．① I25

中国版本图书馆 CIP 数据核字（2020）第 176406 号

家国处处入梦

《读者》（原创版）编辑部 ｜ 编

总　策　划｜马永强
项目负责｜王铁军　郧军涛

策划编辑｜刘　燕　祁培尧　高　原
责任编辑｜甄惠娟
封面设计｜马吉庆

出版发行｜甘肃文化出版社
网　　址｜http://www.gswenhua.cn
投稿邮箱｜gswenhuapress@163.com
地　　址｜甘肃省兰州市城关区曹家巷 1 号｜730030（邮编）

营销中心｜贾　莉　王　俊
电　　话｜0931-2131306

印　　刷｜三河市富华印刷包装有限公司
开　　本｜690 毫米×980 毫米　1/16
字　　数｜180 千
印　　张｜15.75
版　　次｜2021 年 7 月第 1 版
印　　次｜2024 年 12 月第 3 次
书　　号｜ISBN 978-7-5490-2081-2
定　　价｜69.00 元

序言

时光不染，岁月流金。跨过历史的长河，我们追寻火红的足迹，穿过岁月的征程，我们拥抱伟大的时代。

时代，既是源自悠久过去、绵延至今的一段历史足迹，亦是以今为初始、朝蓝图进发的持续进程。发祥于黄河流域的中华文化，孜孜不倦，与时同行，已历经千百春秋，在不同的时期坚守，把握时代命脉，留下深刻烙印。

岁月的时光瓶，为我们沉淀成长的记忆，也为我们记录奋斗的足迹。人生只是弹指一挥间，虽然在时间维度上短暂，但我们不要忘了为自己的时代鼓掌。掌声中，时光的镜头已缓缓拉开，曾经的那些记忆随着时光慢慢浮现。

中华人民共和国成立以来，"扎根黄土地，亦取养于土地，食不可缺"的袁隆平埋首农田，躬耕不懈，以亩产破千的杂交水稻解决了有史以来最为棘手的粮食问题，使广大人民更有气力投身社会主义建设；"年过古稀未伏枥，犹向苍穹寄深情"的"牧星人"孙家栋刻苦钻研航天技术，从"东方红一号"到"嫦娥一号"，从"风云气象"到"北斗导航"，60 多年来在太空升起数十颗星，以熠熠"北斗"为中华、为世界指引方向；"放眼浩瀚海洋，绘出一道道时代航线"的新青年叶聪将"蛟龙"从图纸化作潜海重器，直下千丈探索深海极限，使中国成为继美、法、俄、日之后第 5 个掌握大深度载人深潜技术的国家；"用愚公精神创造生命奇迹"的八步沙"六老汉"和他们的后人，先后治理荒漠近 40 万亩，筑成了一条防风固沙的绿色屏障，让风沙线倒退了 15 公里，有效地遏制了沙进人退的被动局面，他们凝聚的精神脊梁，撑起了八步沙的一片晴空，书写了一段悲壮、豪迈、可歌可泣的故事……

改革开放以来，中华民族逐渐在时代的激流中站稳脚跟，不惧博弈与竞争，屹立于世界民族之林。这盛世辉煌的背后，是无数英杰才俊、星火青年，将青春、血泪尽数挥洒，以愿景梦想绘制祖国蓝图。他们逆着时代洪流，将崇高的理想、追求融入爱国主义精神，以己身诠释着时代命题，代代传承，至于不朽。甘肃文化出版社与读者传媒期刊中心携手打造的"故事里的中国印象"系列丛书，以全方位展现中国共产党成立以来的辉煌成就为出发点，通过讲述大量充满温情、感人肺腑的中国好故事，大力宣传"时代楷模""最美人物"等先进典型，全面展现全国人民齐心协力实现中华民族伟大复兴的历史画卷，展现在党的正确领导下，民族独立、国家富强、百姓安居乐业，中国正式踏上实现民族复兴梦想的伟大征程。本丛书共 10 册，包括《锦绣河山万里》《追寻一缕时光》《丹心挥洒新愿》《盛世绘就梦想》《我为祖国代言》《一生终于一事》《福顺只须修来》《不忘初心归去》《岁月如此多娇》《家国处处入梦》。丛书里的每一本书都从一个小侧面反映中国共产党成立 100 年来祖国大地上的巨大变迁，用一个个温情的小故事来讲述普通人为之奋斗、为之拼搏、为之努力的人生。

《锦绣河山万里》收录了 41 位作者从不同的视角描绘的 41 座不同历史、不同个性的城市发展变迁历程，这 41 座城市各具特色，风格鲜明，映射出那一方水土孕育的独特人文风貌，更体现出国家日新月异的发展变化。

《追寻一缕时光》以大量真实、贴切、温情的经典故事，展现各行各业的代表人物对行业发展及自我生活工作经历的回顾，以小见大，以点到面，展现中华人民共和国发展繁荣的历史画卷。

《丹心挥洒新愿》讲述了祖国建设各条战线上开拓创新的动人事迹，展现了全国人民创新创业、奋发作为的历史画卷。

《盛世绘就梦想》收录 25 位从 1949 年起在各行各业有贡献、有影响、有成就的人物，他们是造就盛世辉煌的践行者和见证者，通过本书我们将引领广大读者一起触摸历史、展望未来。

《我为祖国代言》讲述在海外工作、学习的中国人心怀故土、矢志不渝的爱国情怀，展现一个个奋斗不息的人生历程，一个个充满爱和理解的家庭，讴歌积极向上的人生态度和爱国为家的良好传统。

《一生终于一事》选取《沙漠赤子》《破希望》《来自乡村的寒酸礼物》等35个故事为广大读者展示普通人摆脱贫困，争取幸福生活的奋斗历程。

《福顺只须修来》讲述新时期和谐忠厚、和顺亲睦的中国好家庭，倡导以爱齐家、以德治家的中国好家风。收录有《父亲和书》《外婆这样的女人》《浓淡父子间》《乖小孩》等几十篇带着浓浓亲情且有温度的文章。

《不忘初心归去》选取了三十余篇关于理想、关于奋斗的文章，展现了企业家、科学家、工人、教师等各行各业的人们坚守理想，矢志不渝，最终走向成功人生的故事。

《岁月如此多娇》通过一个个平凡人的小故事，带领读者走进他们的幸福，感受平凡生活中的温暖，展现新时期老百姓幼有所育、学有所教、劳有所得、病有所医、老有所养、住有所居、弱有所扶的幸福生活画卷。

《家国处处入梦》通过一个个渗入灵魂深处的小故事，展现中国人民矢志不渝的爱国爱家情怀，弘扬新时代的爱国主义精神。每个人的灵魂深处对于家国都有不一样的情感，对于军人，家国就是他们保卫的那片边疆；对于农民，家国就是他辛勤耕耘的那块土地；对于作家，家国就是他心中最美好的存在。

忆往昔峥嵘岁月，看今朝锦绣河山。回首中国共产党成立的 100 年，华夏神州留下了太多的变化奇迹。国家经济快速、平稳、健康发展，曾经的低矮、陈旧已经被眼前的崭新、繁华所取代，绿意婆娑的公园、鳞次栉比的高楼，商贾市集，车水马龙，一派勃勃生机。一个个梦想的实现，一份份成就的辉煌，无不彰显着每个人心中的"中国梦"。

时光恰好，岁月丰盈！让我们和这个时代一起绽放，也伴随着这片神奇土地不断成长。

本社编辑部

2021 年 5 月 20 日

目录 CONTENTS

有这样一家人

◎ 冯远征

那时，我在北京卫戍区某部任团政委，在负责料理代理排长曹伟为保护新战友而壮烈牺牲的后事时，有幸结识了一家"老区人"。

曹伟烈士是在新战士方晨峰进行手榴弹实弹投掷意外将手榴弹甩到身后时，趴在新战士身上，用自己的身体掩护战友而多处中弹壮烈牺牲的，他把生的希望留给了别人。

当曹伟的父母接到部队请他们前往京城的电报后，他们老两口误以为要为儿子曹伟完婚，还带来了儿子的未婚妻小梅姑娘，因为曹伟在两年中已经 4 次因公推迟了婚期。当来到部队得知儿子壮烈牺牲的消息后，曹伟的父亲——这位陕北汉子坐在一个小板凳上，眼中噙着泪珠。许久只讲了一句话："那被救的娃咋样？"我说："只受了一点轻伤，很快就会康复的。"老人腾地站了起来，用发旧的黄军衣袖口抹去泪水说："那就好，那就好，俺娃没给俺曹家丢人啊！”

我们安排两位老人先去看望自己儿子的遗体，但老人执意不肯，曹伟的母亲是位一字不识的农家妇女，她哭泣着说：“去的娃已经去了，活着的娃还有许多事要做啊！”他们坚持要先去看望被救的新战士方晨峰。同来的县领导要买些东西给小方带去，曹伟的父亲说：“不用了，俺从老家带来了两瓶山楂罐头，俺梅还炒了不少葵花子。”县领导说：“是不是少了点，再买点丰富丰富。”“那钱咋整？”曹伟父母问。县领导说：“开个票，让民政上报了就行了。”“咋！看娃还得公家出钱？俺就带这吧！”

走近医院的阶梯，两旁站满了身穿白衣的欢迎烈士亲人的医护人员，也许是这位母亲又记起了自己的儿子，泪水止不住又流了下来，曹伟的父亲轻轻地拽了拽她的衣襟，低声说：“娃他娘，要挺住啊！”走近病房，老妈妈轻轻地掀开小方的被子，看到这位不满17岁的小战士身上也负了十几处伤时又哭了，她连声说：“娃，你也是俺的娃，好好养伤，养好了，好好保卫党中央。”当时我们提前派人告诉被救战士方晨峰要多说几句感谢与安慰的话，但小方这时一头扎在曹伟妈妈的怀里，一个劲地喊着“妈妈，妈妈……”此时此刻，医护人员哭了，新闻记者哭了，我也哭了……

方晨峰的父母在江苏省常州市工作，从中央人民广播电台的新闻中听到曹伟烈士为抢救自己的儿子壮烈牺牲的消息后，他们马上赶到了部队。这家人见到曹伟父母，恭恭敬敬地鞠了三个躬，流着泪说："是你们的儿子救了小方，小方也是你们的儿子。"说着，执意要将2000元钱交给曹伟父亲。曹伟母亲说："小方娃还伤着，拿这钱给他养养伤吧！"曹伟父亲说："你娃是新兵，俺娃是老兵，老兵救新兵，是他该做的，这钱俺不能收。"

曹伟父母拒绝了方家送来的2000元钱，但他们何尝不需要钱呢？当年，我们从电影《高山下的花环》中看到梁大妈去部队料理儿子梁三喜的后事时自带煎饼吃，那场面曾感动了多少人，但我们总以为那是艺术的虚构。可今天，曹伟父母就是带了一袋炒粟米作为干粮的。当时每顿饭我们为老人准备了四五个菜，但老人只吃一个菜，嘴里还一个劲地说："咋整这么多，吃不完就瞎了！"哪知，回到招待所，老人家关上门，拿出一个自带的大白瓷缸子，抓出两把粟米来泡着吃……

料理完后事，我们执意安排老人在城里转一转，老人只提出了一个请求，到天安门和长城去看一看。当来到长城脚下一问票价是20元时，两位老人又止住了脚步，曹伟母亲对陪同的两位女战士说："俺俩老了，腿脚不好，要上你们年轻人一道上吧！"曹伟的未婚妻小梅姑娘也不肯上，当女战士买票时，曹伟母亲向曹伟父亲努了努嘴，曹伟父亲转过身去，从内衣口袋里取出50元钱递给了曹伟母亲，曹伟母亲又把50元钱塞进小梅姑娘的手心，轻声说："去吧，攀得高一点，就想起咱家的山了，心里会舒服一点！"小梅哭了："娘，曹伟哥答应过和我一道上长城的！"

为处理烈士的后事，曹家连来带去一共住了5天。我们想多留他们几天，但老人们说："来了这么些天，又是吃又是住的，够麻烦你们的了。"曹伟父亲还特意找到了团部后勤管理员说："算一算，俺娘几个5天要交多少食宿钱？"

临行前，我同几位团领导前去送行，并表示家中还有什么困难尽管提。曹伟的父亲低头略想了想，握着我的手说："听说伟娃子火化时，盖在身上的那面党旗没有烧，能不能留给俺作个纪念？"我肯定地回答："可以。"老人又说："你是管组织的，俺老曹在农村曾当过十几年的民兵连长，你看俺够个党员的资格吗？"我们在场的几位团领导的眼睛都湿了……

三年过去了，我分别收到他们的来信。

曹伟的父亲在年前光荣地加入了中国共产党，两位老人将小儿子送到了部队，希望他接好哥哥的班；县里给了唯一一个招工指标，他们没有安置自己的二儿子和小女儿，而是给了小梅姑娘；二儿子还是在内蒙古帮人放羊，还是每年春节才回来一趟……

小梅姑娘也来信了，她说要告诉我一个女孩心中的秘密，那就是永远不离开曹家，她想嫁给在内蒙古放羊的二哥，要替曹伟哥为两位老人送终……

来信的地址是陕西省靖边县一个叫天赐湾的村庄，那里是人烟稀少的山区。据说毛泽东主席当年转战陕北时曾在那里住过，时间大概是1947年。

送你一束木棉花

◎ 吴风华

听到这个故事的时候，我正上初中。那时正值对越自卫反击战全面告捷，不时有老山来的英雄报告团来学校演讲。什么"史光柱、蔡朝东、徐良"，灌满了耳朵，再刺激的打仗故事也听够了。

那天，学校大礼堂里又来了4个军人，其中3个是男人，只有她是个小姑娘，眉清目秀，典型的南方女子，翠绿的军装衬得皮肤很白很细，虽然头发都塞在军帽里，我们仍能想象，一头披肩长发的她会更漂亮。

那3个男军人讲的全是千篇一律的慷慨悲壮，未能引起我们太多共鸣，我们一致等待她的演讲。终于，轮到她走到讲台前，用带着南方口音的普通话，缓缓地、柔柔地叙述着。

她是广州军区某医院的护士，刚刚毕业，也许是"初生牛犊不怕虎"，她几次请愿，坚决要求上前线。领导开始不批，说她工作未满一年。她死磨硬泡无效后，说出一句话："我连朋友都没有，我去损失最小。"领导同意了。非是领导冷血，而是战争本身就这么残酷，只讲损失，不讲感情。

第一站，她被分到一个山顶的哨卡，为那里一个排的战士做卫生防疫。上山的时候，天下着小雨。老山属亚热带地区，终年湿热，十几天不见太阳都很正常，什么都潮乎乎的。那里蚊子、老鼠的个头非内地所能想象，有"三只蚊子一盘菜，五只老鼠一麻袋"的说法。

山越爬越高，雨却越来越小，等到了山顶时，雨竟然停了。太阳像隔着几层窗纱一样，蒙蒙地出现在天空。来迎接的小战士情不自禁地欢呼起来："出太阳啦！因为今天来了个小姑娘。"

战士们都是二十岁左右的小伙子，平时缩在猫耳洞里，什么娱乐都没有，来了个姑娘，大家兴奋异常，让出最好最干的一片地方给她，争相塞给她各种罐头。

哨卡前几天刚经过激战，现在是战争间隙。有几个战士受了轻伤，她没顾上休息就给他们换药。轮到一个小战士时，她照例让他躺到临时搭的治疗床上，然后转身准备用具。等她拿着托盘再转回身时，发现那个战士已经睡着了。

猫耳洞太小，天气又热，战士们平时根本睡不好，再遇上阻击，更没时间休息。她仔细地给这位战士擦洗换药，动作尽量放轻。等到全部搞好时，这位战士也没醒，看着他年轻恬静的脸，她不忍叫他。

这时，长得五大三粗的排长蹿进来，炸雷一样地喊道："别睡啦，后边还排着队呐！"小战士一个激灵，爬起来，迷迷瞪瞪地看着她，半晌醒过味儿来，脸红红地跑出去。

她是这个阵地上唯一的女性。她受到空前的礼遇，每天三餐有人亲自端过来，甚至洗脚水都有战士给倒。她给他们讲故事，尽管她记得的故事也没几个，连小红帽、狼外婆，战士们都百听不厌。她还给他们唱歌，上学时同学都笑她五音不全，而此时，战士们称她是"百灵"。排长是老兵了，看生死就像看下雨一样正常。他对她讲："我就不同意派女同志上来，打仗是我们老爷们儿的事。别看现在太平，炮弹随时会打过来，刚才还跟你聊天的战友，立刻就四分五裂了——难过？你还有时间难过？你唯一能做的，就是趁第二组炮弹打来前，赶快拿个脸盆出去，把你战友的残肢捡回来。然后检查你的武器是否正常，准备回击。"

对于初上战场的她来说，这话听得心惊肉跳。排长咧嘴一乐说："别怕，真打起来，我会派人把你安全送下去的。"

不下雨的时候，她也会爬出洞，看看外面诗一样的山水。排长人虽然长得粗，心却很细，并不阻止，但每次都派4名战士贴身保卫。而被派的战士都欢天喜地，像要去保卫首长。

几天后，她完成任务该下山了，战士们排列整齐地欢送她。她一个一个跟他们握手，这帮大小伙子们忽然羞涩起来，只用三根手指轻轻捏捏她的手掌。她把自己所在的医院和电话写了一叠纸条，一个个塞给他们，说："打完仗，别忘了到广州来看我，我请你们吃饭。"战士们不敢私自答应，齐刷刷看着他们的排长，排长又是咧嘴一乐说："没问题，哪怕我们剩下最后一个人，也到广州去找你。如果……"他停了一下，还是笑着继续说，"如果我们都光荣了，我们会托人给你送去一束木棉花。"

这是她到前线待的第一个阵地，她很不舍地离开了。这以后，她又转战过好几个阵地，因为她工作细心、热情，每到一处都受到欢迎。也有几次赶上阻击，她终于直面战争，领略了它的残酷。正像排长说的，难过？根本没有时间难过。她终于也能硬起心肠，踏过战友的尸体向前冲。

她立了功，受了奖，转回广州后方医院。每天都要收治很多伤员，工作很忙。有时她走出病房，在奔往另一个病房的路上，她会抬头看一眼窗外的天空，心中掠过一点思念，想念所有她去过的哨卡的战士，特别是那第一个。

仗时打时停，部队也轮番调换，她打听不到他们的消息。有时想想，部队纪律很严，说去哪里，坐上闷罐车就走，怎么可能会放他们假来看她。渐渐地，也就不再幻想了。

一天，她正跟着主治医生查房，护士长找到她，对她说："外面有人找你。"

"谁呢？"她挺疑惑。

"一个军官，指名找你。"护士长说。

她略迟疑，转而心中一动，笑容立刻绽于脸上。她奔了出去，其速度让周围同事咂舌，想不到她这样一个文文静静的姑娘有这般爆发力。护士长笑眯眯地对大家说："是男朋友，不信回来问她。"

她推开走廊的门，果然看见走廊尽头站着一个高大威猛的军人。她心中狂喜，快步走上前……突然，笑容在她脸上凝住。面前这个人穿着一套崭新笔挺的军装，脸上的胡子也精心刮过，但是，她不认识他，这是一张完全陌生的脸。正午的阳光透过玻璃窗照进来，照着他刚毅的脸庞，还有他怀中抱着的，一束火红的木棉花……

她看着我们，一脸平静。大礼堂鸦雀无声，连平时最顽劣的学生，此时都瞪大眼睛。我们看见她斜跨半步，走出讲台，面向我们，行了一个军礼。她脸上神圣的表情让我分明感到，她面对的不是我们这群孩子，而是她所有牺牲的战友。一瞬间，我的眼睛模糊了，望着她，仿佛就像一朵红色的木棉花，静静绽放。

不忘历史，才能面向未来。

所以我觉得，收集这些珍贵的历史资料，

是我作为一个中国人必须承担的使命和责任。

白玉塔下的月色

◎ 翟丙军

　　先有旅顺，后有大连。但是喜欢念旧的老人们依然固执地称大连为旅顺市或者旅大市。他们之所以这么固执，我想是因为"旅顺"这个名字在他们的生命旅途中已经刻下了太深的痕迹。

　　前些天，经一个朋友介绍，我从大连市内驱车赶往旅顺，去拜访一个普通而又特殊的人物：杨志军。

　　沿着旅顺与大连市内相连的唯一陆路通道驱车前行，一出白云山洞隧道，居高临下，整座旅顺城便一览无余。不过，最先映入眼帘的，是高高耸立在白玉山上的白玉塔。月夜观塔，是当地最著名的一道风景。皎洁的月光水银泻地般铺满旅顺城，此刻，洁白如玉、一尘不染的白玉塔宛若凌波仙子，让人一看便心旷神怡。然而，正是这样一座"原为天上有，世间本应无"的白玉塔，承载的却是一段中华民族的苦难史。这座塔，是当年日本侵略者为纪念自己的"显赫战功"而建的，这座塔下，掩埋着数万被无辜残杀的手无寸铁的中国百姓。

杨志军的家就在白玉山下一栋四层的俄式小楼里。刚过而立之年的他是旅顺某单位的一名青年干部，前些年结婚后，单位分房，他和妻子的新家便安在了这栋小楼里。然而，让他没想到的是，这次搬家竟对他以后的生活产生了极其重大的影响，意外地促使他走上了一条充满艰辛的收集日军侵华实物证据的道路。

据杨志军介绍，他们刚搬进新家时，每天清晨都结伴到白玉塔前的小广场上晨练。来这里晨练的大多是附近的老人，一来二去，大家熟识起来，晨练之余，也会坐在一起亲切地聊上一些家长里短或者沧海桑田的话题。从这些老人口中，杨志军夫妇获悉了许多鲜为人知的老旅顺的故事。

老人们说得最多的，就是当年日军侵华时在旅顺口犯下的罪行。但是，随着岁月的流逝，那些能够证明日军罪行的实物证据在日益减少。这让杨志军联想到当前日本右翼势力不断通过修改历史教科书、参拜甲级战犯灵位等举动，企图篡改和粉饰日军侵华真相的阴谋。他敏锐地意识到，收集日军侵华时留下的实物证据，是警醒后人勿忘历史、粉碎日本右翼势力篡改历史阴谋的最有力武器。

怀揣着这样一种民族责任感和历史责任感，杨志军夫妇踏上了征程。

他们收集的第一件罪证是一张发黄的老照片。画面上，几个手持战刀或步枪的日本兵在砍杀一群被捆绑着的中国平民，倒下去的中国人不计其数。在画面的正上方，一个日本兵手举一颗人头，站在镜头前得意地炫耀……

他们最珍贵的一件收藏品是一套《关东军纪念写真帖》。那是"九一八"事变之后，日本关东军司令部为了掩盖真相而出版的一套大型画册。画册共分5本，两千多幅图片和大量企图颠倒黑白的文字，详细再现了1931年到1934年日本部队在东三省的主要活动情况。画册的内页采用铜版纸，印刷十分精美。由于当时仅限在关东军内部发行，并且数量非常少，所以时隔近七十年后，这套画册留存在世上的可能性已经非常小了。杨志军也是偶然在收藏界的朋友处得知，三位分别居住在大连、北京和沈阳的人手里可能存有画册的残本。于是，他多次去北京、跑沈阳，查找收藏人的下落，经过6年的苦苦寻觅，终于将这套日军侵占东三省的史证收集完整。杨志军说，这是我国目前唯一一套保存完整的《关东军纪念写真帖》。

杨志军爱收藏，爱画画，但是，自从踏上收集日军侵华实物罪证的征程后，他的收藏品和手中的画笔就始终在围着那段民族血泪史转了。

然而，当年日军投降撤退时，为消灭罪证，各军事机构夜以继日地焚毁文件资料，几乎将战争档案销毁殆尽。并且随着时间的推移，散落民间的史料留存的可能性也越来越小，几乎很难再找到直接的实物证据。于是，一个"到日本去"的念头便在杨志军的脑海中萌生了。

　　杨志军的妻子刘小红在大连一家日资企业里当翻译，结识了许多日本友人。为了圆杨志军的收藏梦，刘小红决定放弃高薪工作，到日本去留学。

　　2003年，刘小红怀着极其复杂的心情，踏上了那个曾给无数中国人带来深重灾难的国家的土地，开始了为期3年的留学生涯。刘小红坦陈，她此行的目的并不仅仅是求学，她还担负着为丈夫圆梦、为国人收集珍贵历史资料的重任。为此，她花掉大半年的时间，跑遍了日本各大神社，如靖国神社、花园神社等。在这些场所，她结识了大批当年参加过侵华战争的日本老兵，从他们手里收集到很多有史料价值的物品。曾经在旅顺关东军司令部服役的88岁老兵，对当年所犯下的罪行表示深深的悔过，还把他珍藏多年的关东军影集、军功章以及两幅由原日本联合舰队司令官高桥三吉和原关东戒严司令部司令官福田雅太郎完成的书法作品送给刘小红，并饱含热泪地对她说："无论是中国人、日本人，还是世界其他地方的人们，都不应该回避和忘记那段曾给中国人民造成极大伤害的历史。"

　　在日本，由于有极端右翼势力和极端民族主义者存在，一个中国女人在日本街头收集日军侵华实物证据，是一件非常危险的事。但是，刘小红不顾个人安危，走街串巷，跑遍了上野公园、台东、日本桥等多个著名的跳蚤市场，先后买下当年日军侵华时的军功章、战刀、纪念章以及日本昭和十三年的侵华地图、伪满洲国地图、共有51页的旅顺战绩图片、《日俄战争纪事》、日本读卖新闻社出版的5部《支那事变写真全集》(这部全集从"卢沟桥事变"开始记录到日军攻陷海南岛，对日军侵略中国的全过程进行了系统报道)，还有45张盖有"陆地测量部参谋本部印""军事秘密"等字样印章的军事地图和部分日军展示其战果的标记图，有的还加盖了内阁情报部门的图章或陆军省、海军省审查后准予发表的标识。这共计两百多件日本人自己留下的战争资料，在国内极为罕见。

有些日本摊主发现刘小红是中国人后，就不愿甚至是不敢把这些资料卖给她。遇到这种情况，她总是锲而不舍，宁肯多花几倍的价钱也要买到手。就这样，不久之后，日本一些跳蚤市场上的摊主，几乎全知道了有个四处收集日军侵华实物证据的中国女人。于是，危险也随之而来。刘小红租住的房屋窗户被人砸碎，还有好几次从跳蚤市场出来后被人盯梢。面对危险，刘小红只好求助于她的日本友人。刘小红有两位在中国结识的朋友，是一对老年夫妇，他们的两个儿子都是警察。他们得知刘小红的遭遇后，主动把刘小红接到自己家来住。由于有了警察家庭的保护，刘小红遭到的无端骚扰才少了下来。

杨志军并不算很富有，为了收集这些实物证据，他们夫妻必须节省下每一分钱，精打细算地过日子。因为从日本飞回来一趟需要花不少钱，所以杨志军一直没舍得让妻子回来。

不久前，杨志军又倾其所有兑换了三百多万日元，准备寄给刘小红用于收集日军侵华实物证据。他略带伤感地说："我们都很想念对方，但是我们也都知道，随着时间的流逝，如今即便是在日本，那些侵华时期的实物证据也都非常少了。我们必须跟时间赛跑，能多收集到一件也好呀！"

杨志军说："在中华民族的苦难史中，日军侵华留给我们的伤痛无疑是最深刻、最沉重的。历史不容忘却，时刻警示后人。不忘历史，才能面向未来。所以我觉得，收集这些珍贵的历史资料，是我作为一个中国人必须承担的使命和责任。"杨志军还说，他的这些收藏品一件也不打算转卖，他想等到有一天，全部无偿捐赠给国内某家博物馆。

中秋将至，转眼间，杨志军已经近三年没有与妻子团聚了。

每逢佳节倍思亲。这几天一下班，杨志军就打开电脑，电脑里储存着许多刘小红近期的照片，那都是刘小红用电子邮件发回来的。杨志军点燃一根烟，慢慢地，一张一张翻看着……

听来的故事

◎ 林　烽

　　第一个故事，是刚下部队，和同一批新排长与团政委集体谈心时，听政委讲的。

　　政委是 20 世纪 80 年代从高中考上军校的，在当时是全军第一批直接从地方招收的军校学员，毕业之后，同学遍布全国各地。他是政委同窗中的一个，毕业之后去了北方边疆当排长，带着一个边防分队常年驻守在一个边防哨卡上。在家乡——山清水秀的江南，他有一个青梅竹马的未婚妻。她出身医药世家，备受宠爱却不娇贵，敏而好学，一直在他心头最柔软的地方。

　　大学毕业的那年冬天，她决定去哨卡看他，然后和他完婚。他和他的兵们都十分高兴，在她来之前的一个星期就布置好了新房，还准备好了传统的喜服。在等她来的那几天，他一有空就坐在铺着大红床单的炕上，喜滋滋地想着她来之后的情形。

就在她将要到的那天，哨卡电台收到在外巡逻的小队发来的遭遇武装越境者要求紧急救援的信号。他一声未吭，带着哨卡所有留守人员前去支援，走之前，他在收拾好的新房里留了一张纸条：有紧急情况需处理，少则半日，多则三五天，或者永远……不要等我，见谅。

他走后的第二天，大雪封山。四天中，他带着兵们围堵追歼，终于把最后一个武装分子围在了雪地里的一个小灌木丛中。那个越境者举枪示意投降，他去缴械，却没有看到那只一直搭在扳机上未放的手指。他的大腿动脉被打穿，那个越境者死在了发疯似的哭喊着的兵们的枪下。他的兵们背着他疯狂地往哨卡跑，热红的鲜血融在茫茫的雪地中，画出一条无尽的红迹。

他最终没能进那个新房，因为失血过多，他在离哨卡不到二十米的地方咽了最后一口气。那些兵们静悄悄地立在那扇贴着火红"囍"字的门口，没有一个人有勇气去叩那扇门。最后，一班长过去了，轻轻地敲了敲门，许久没应，推门进去，看见她攥着那张纸条，穿着艳红的喜服，盖着红盖头，静静地坐在冰冷的炕上。一班长叫了她三声"嫂子"，没应，待他犹豫地撩起那方红盖头时，才发现她早已僵硬了。

他和她被合葬在哨卡边上。从那年开始，每年的第一场雪后，兵们都要做一个不变的雪雕：穿着军装的他握着盖着红盖头的她的手坐在炕上，笑容灿烂。

第二个故事，是我的同学讲给我听的，确切地说，不完全是听来的，最后的情节是我亲历的。

他是我们的学长，几年前他以可以上任何一所名牌高校的高分进入那所全军最负盛名的学校学军事指挥。她是他大三时在同城的医学院执行军训任务时带的学生，来自千里之外的西北，长得却如他江南家乡的女子般玲珑柔弱。因为心疼她离开家乡后那无边的孤独落寞，他全然不顾家人的反对，深情地牵起了她的手。

虽然反对，但他开明的父母并未阻挠，让他从容地演绎着朴素而又甜美的爱情。两年间，他看着聪颖的她抛开初来时的忧郁，绽放出自然的明朗。虽然她的父母从未见过他，但他可以感觉到他们对他的喜爱。而他的同学和朋友们，都毫不怀疑他和她的天长地久。

那一年，他从军校毕业，带着分别时她的灿烂笑容来到这个常年战备的野战部队，成为一名基层排长。但世事并非都如他所愿，野战部队的生活方式以及常年高强度紧张封闭的工作、训练更是让高傲的他一时有些无所适从，陷入一片迷茫。因为信息闭塞和通信不畅，他只能在紧张的工作之余，在夜深人静时打着手电给她写信，诉说他心中的苦闷、失落和对她的思念。偶尔有机会给她打个简短的电话，他的声音中有着掩饰不住的疲惫。而他的挚友听到他电话中的声音，惊呼："你如何消沉至此！"

她依然身处五彩斑斓的校园，身后有无数人追逐她的美丽，其中不乏优雅如玉之人。而与他的关山阻隔和他无意流露出的消沉，不免让她隐隐惶恐失望。终于，在他们分别后的第一个情人节，她哭着在电话里说要分手。

他平静地接受了，不再写信不再打电话，只是依旧把她的相片放在钱夹里随身带着。他把这种平静置于他的整个生活，开始以谦恭的姿态对待生活和身边的人。半年之后，看上去沉默寡言的他带出一个训练标兵排。在上台去领第一名的奖状时，大家看见他一脸的平静，波澜不惊。

十月初，驻地发生洪灾，团里派了一个营投入抗洪。他带着他的兵们驾着冲锋舟，顶着风雨日夜穿梭在浑浊的水面上，三天四夜未合眼，没来得及吃一口饭。完成任务撤回的途中，他一头栽倒在路上，再也没有起来。

整理他的遗物时，我们在他的日记本中看到这样一段话：我想，还是选择默默坚持吧，安静地立在她身后。在她身后，是因为不愿她再有面对时的痛苦和转身时的落寞。纵然，从此她不再回头，我也将平静地坚持下去，直至心死抑或身死。或许是太理想太浪漫，可我总是舍不得这份清新的美丽就此逝去。不强求她，就让我在自己的世界里平静地坚守吧。

时间，是 2 月 14 日。

他的兵们，还有我们这些学弟，参加了他的遗体告别仪式。政委致悼词之后，念了一封刚刚收到几天的信，是她写来的："……离开你之后，才发现什么最珍贵。在这个浮华的社会中，到处充斥着泡面般的速食爱情，而你给我的，是一碗文火慢炖的、精心调制不加糖的绿豆粥，清淡微苦。我想回来了，给它加些糖，可以吗？"

一直被他称为孩子的兵们，一直被他称为小弟的我们，看着他从此再也不会睁开的双眼，一片恸声。

原来，所谓战争，

可以是面对千军万马的敌人，

也可以是面对自己的心灵。

一个人的战争

◎ 向　楠

那年夏天，我因随行采访一位将军而去了西北某市，住进了空军的一个雷达团。

中午，雷达团年轻的团长设宴招待我们。席间，出于职业习惯，我请团长讲讲团里的光荣历史和经典战例。团长沉吟片刻，说："你也当过兵，历史和战例就不讲了，我给你讲一个人吧。"团长指指窗外说："能看到那座山吗？"我转头望向窗外，远处云雾笼罩中，隐约可见山形。

"那座山上有我们一个雷达哨。雷达哨原本有 5 个战士驻守，百万大裁军那年，雷达团缩小建制，层层裁员。军区领导几经斟酌后，决定雷达哨不予撤销，但只保留一名士兵值守。

"对 5 个士兵来说，这是一场艰难的抉择。离开，就要脱下军装，从此告别军营；留下，则意味着脱离集体，脱离人群，从此与世隔绝。

"连长就亲自到山上了解 5 个战士的想法。那个班务会开得很漫长，整整一天没有一个人说话。快到黄昏时，连长宣布散会，准备第二天接着开。这时，一个士兵忽然开口了，他说：'我留下吧。'这个士兵就留下了。

"那个哨所离连队太远了，除了电话之外，这个战士和外界的唯一联系，就是每隔一个月可以见一次上山给他送水和粮食蔬菜的战友。这个战士不简单啊！你想想，一个人在完全封闭的环境里，可以生存下来，这本身就不容易，何况他还要完成执勤任务，每天监测战机。我去那儿看过，他喝的水都存在一口井里，水都是臭的。这个战士愣是坚持下来了。你们猜猜他在山上干什么？种菜。他开垦了一大片菜地，种的菜足够供应他们全连。可这坚持的代价也大啊！团里后来特别请示上级，调他的家属上山陪他。他们在山上生了个孩子，那孩子第一次下山时，吓得哭了好几天——没见过那么多人嘛！"

在团长讲述时，一桌子人都静默着听，将军和夫人的眼里都含了泪花。

我突然特别想见见那个士兵，就向团长提出请求。团长爽快地答应了。

第二天一大早，团长开着吉普车带我上山。西北的山都非常陡，吉普车开到一半时就只能弃车爬山。

这里的土都是红色的，除了野草和零星的杨树、刺柏外，整座山都光秃秃的，像是完全没有生命的蛮荒之地。

转过了几条羊肠小道，又翻过了几个小坡后，我和团长都已经汗流浃背、气喘吁吁了。这时，团长突然往上一指，高兴地说："看，到了！"

我抬头向上望，只见不远的前方矗立着一座铁塔，铁塔下，有一个士兵正昂首挺胸，笔直地站在烈日下，仿佛国旗班的仪仗兵。团长说已经给那个士兵打过电话，这就是他了。

那个士兵一见到我们，立刻两手握拳，小跑几步，停在团长面前，"啪"一个立正后，敬了一个标准的军礼，大声说："报告团长！某连某班战士某某某正在执勤，请指示。"

团长回了礼，向这个士兵介绍了我，让他带我参观参观。

这个雷达哨是在山顶上开出的一块平地上建的。除了这座高耸入云的铁塔外，只有一排简易、破旧的平房。

院子的一角有一棵一抱多粗的老槐树，树皮龟裂，老态龙钟，像是活了有上百年了，孤独地立着。我忍不住走过去摸了摸那棵树。一转身，士兵正跟在我身后。我认真地打量他，他个子矮小，黑黑瘦瘦的，一身泛着光的新军装，把他衬得更加瘦小。军装上有非常明显的褶子印，显然，他特意存了一身新军装，只在来人时才专门穿上，以示郑重。

大约是因为长年不跟陌生人打交道，士兵的表情腼腆，举止拘谨。为了让他放松，我不再盯着他看，而是假装随意看周围景物。我看到老槐树下有一个水泥砌的台子，上面盖着木板，便问：

"这就是那口水井吧？我听你们团长讲过。"

"报告首长，是的。"士兵一个立正，脸向前方，目不斜视地说。

我被他郑重其事的神态逗乐了，连忙冲他摆摆手，笑着说："嗨！我不是什么首长，你不用这么严肃，真的。我就是想来看看你。"士兵不好意思地抿了抿嘴唇，微微笑了，但他仍是笔直地站着，两手五指并拢，中指紧贴裤缝——是完全符合条令的标准站姿。

参观了机房和士兵的宿舍，我想起了团长讲的那个能供全连战士吃菜的菜地。它在哪里呢？我请士兵带我去看看。

士兵高兴地答应了，我看到他的眼里放出光来。

出门向右转，我随他走到平房后面。想不到，后面竟别有洞天：一大片一眼望不到边的菜地，五颜六色很有气势地铺排着。一排排树棍和竹竿搭起的架子上，吊着黄瓜、豆角和红得耀眼的西红柿。

我忍不住惊叹一声："天哪！你一个人种这么多的菜啊！"

士兵听到我的话，很得意地笑了。他三步两步走到地头，一把摘下一个西红柿塞到我手里，说："吃吧，好吃着呢。"这次，他没有再按照条令跟我说话，让我很高兴。

我拉着他和我并肩坐在田埂上。我侧身打量士兵，他双腿盘坐，两手手心向下平放在膝盖上。我微微笑了。

"其实，我也当过兵呢。"我对士兵说。

"真的呀？"士兵惊喜地叫了一声，"那我该叫你一声老兵了。"

"那当然，我当兵的时候，你还拖着鼻涕玩尿泥呢。"我的话让士兵不好意思了。但我能看出，我的经历拉近了我们的距离。

"你等等！"士兵突然"噌"一下站起来，一头钻进菜地里。好一会儿，他从地里冒出来了，红扑扑的脸上流着热汗。他的怀里抱着一堆顶花带刺的黄瓜。"看，多嫩！"他说，"你带回招待所当水果吃吧。"

士兵重又盘腿坐下。我心里一阵感动，不知道说什么才好。夏日的风干燥地吹过，太阳在头顶上明晃晃地照着，给这陡峭的山投下一些诡异的影子。

我问他："你一个人住在山上，怕不怕？"

"怕呢。天一黑，这山上还有狼呢！我没见过，但我听到过狼叫，可瘆人了。"

我身上顿时起了一层鸡皮疙瘩，毛骨悚然，不由替士兵揪起心来。

"其实，害怕是次要的。"士兵说。

"那什么是主要的？"

"孤独，你永远体会不到的孤独。这山上好静啊，连自己喘口气都能听到回声，静得人想发疯，特别想找人跟我说说话。

"我常常望着电话出神，希望它会突然响起来。而每次真有电话来下达命令时，我都希望那个命令越长越好，那样我就能多跟人讲几句话了。可是每次命令总是很短。"

士兵低下了头，样子有些失落。

"有好几次，我都想给连里打电话，要求下山，哪怕处理我复

·

员都行。真的，电话我都抓在手里了。"

我想起了在士兵的机房里看到的那部黑色的电话，那是唯一连接士兵与外界的东西。

"那你怎么没打？"

"电话是战备用的，上级每次下达命令才会用它，我怎么敢为自己的事动用它？"

"那你怎么办？"

"我就唱歌，自己跟自己说话，跟天上飞的鸟说话。为了能留住鸟，我专门弄了两个碗，装上小米放在院子里和屋顶上。可是，鸟儿们都不愿意在这儿停留。这里实在太荒凉了。"

士兵不说话了，抬头望着天空，眼神里写满落寞。

天空同样寂寞着，没有一只鸟。想象着士兵的孤独，我的鼻子有些发酸。

我们俩都沉默了。

好半天我才开口问："你怎么会想起种菜了？"

"我得做点事，不然我真的会疯，可我不能疯，我当兵是一件多么光荣的事啊！我参军那天，我们那条街道上，老老少少几百口人敲锣打鼓把我送到区武装部。人人都羡慕我，替我骄傲，我怎么能疯呢？我得鼓起勇气来。我就想，种菜吧，山上这么大，开垦出来，就可以帮连队解决吃菜问题。你不知道，我们连里吃青菜不容易呢。你看我的菜种得好吧？"

"好，真的好！"那些菜，一排排整整齐齐，就像出操的队列。

士兵忽然问我："听说你是陪一个将军来我们团的？"

我说是。

他就叹了一口气，很神往地说："我当兵7年了，见过最大的官就是我们团长。去年春节，军区副司令员冒着大雪上山来给我拜年，我激动得好几天都睡不着觉。要是有一天，我也能当个将军，那该多神气啊！"

我指指面前生机勃勃的菜地说："你就是将军，它们都是你的兵。"

士兵咧开嘴笑了，他挺直身子，扬扬脖子说："我也感觉我好像是指挥千军万马的将军，正在打一场战争，不过，不是跟别人，而是跟我自己。我现在觉得自己挺光荣、挺重要的，全团、全军的人都知道有我这个雷达哨呢。我现在条件好多了，连里专门给我配了个收音机，还让我家属来陪我。可惜她带孩子回老家探亲去了，你见不到。她现在也能跟我上机执勤了。上次国家领导人来西北视察，正赶上暴雨，雷达出了故障，可我俩还是配合着完成了飞机监测任务，还立了功呢。"

士兵的一番话，让他在我眼里顿时高大起来。原来，所谓战争，可以是面对千军万马的敌人，也可以是面对自己的心灵。当这个士兵担负起军人的使命，靠非凡的勇气和毅力战胜了孤独、寂寞甚至恐惧时，他就打赢了这场战争。虽然，这只是一场没有对手、听不见号声的一个人的战争。

时光远逝，岁月无痕，

怒山的线条依然坚硬，怒江的吼声依然如雷，

夜空中的星星依然灿烂。

曾经有那么多风华正茂的年轻人，

将青春化为血汗，洒在了这片群山中。

青春洒在遥远的滇缅路

◎ 刀　口

在这座城市，持驾照者有近百万，但其中有三位，我一直不敢去打搅。他们作为中国早期的驾驶员，曾将青春和血汗洒在了遥远的滇缅路。如今，他们都已九旬左右，生活在城市的暗夜里，青年时代的光彩纤细得无人能够辨识。

但我记挂着。作为特殊时代的勇者，他们曾有一个响亮的称号：南洋机工。

一个偶然的机会，我认识了他。见面是在长江南岸一所老公寓。按事先的约定登门，他却出去了，护工说："到他屋里等一会儿吧。"房间很暗，阴冷、杂乱。正走神，门响，一个瘦小老者颤巍巍地进来，手里拎一包药："对不起呀，这几天有点感冒。"他彬彬有礼地道歉，口音略带下江味。我心一沉，怎么也无法将眼前的他与那个在吉隆坡街头募款、在滇缅路上飞驰的热血青年画上等号。这中间，隔了怎样的千山万水？

只能耐心倾听。我发现他说到两个词时，眼睛会发亮：一是"滇缅公路"，二是"祖国"。那是怎样一种深入骨髓的情感呢？"我祖籍福建泉州，几个月大就跟父亲去了马来西亚，他在那里开了间杂货店。家里有 6 个孩子，我是老二。读完初中，我进汽车铺当学徒，18 岁考取了驾照，这在当时蛮吃香，也蛮挣钱。"但1937 年，他 19 岁时，日本人攻打祖国的消息传来了。"我很震惊，也很愤怒。我读中学时和日本学生打过架，他们也没啥了不起嘛，凭啥叫嚣 3 个月亡我中华？"他不服气，"于是就报名参加了南洋募捐工作，卖香烟、卖花、布置街头活报剧，募捐的钱全部捐回祖国，开车跑买卖的念头也慢慢淡了……"

他清楚地记得，1939 年春节前后，南洋华侨领袖陈嘉庚发布了《南侨总会第六号通告》，号召华侨中的年轻司机和技工回国服务。"看到通告，我心一热，就报了名，当时只晓得回国是开车，有危险，没钱赚，但我已顾不得那么多了！"

然而他并不知道，自己要去的正是滇缅路。其时，这条东起云南昆明，西出边境重镇畹町，南接缅甸密支那，全长 1164 公里的公路刚刚打通，它在中国境内有 963 公里，沿途皆高山大壑，水流湍急，望之悚然，但经滇西 20 万民工一年多的奋斗，在付出3000 多条生命后，硬是在悬崖峭壁上将它开凿出来。这是当时中国唯一的国际通道，几百万军队所需的武器装备和油料以及维持大后方经济运转的物资，都得依赖它。滇缅路一开通，就抢运回数千辆汽车，有了车，才发现司机严重缺乏！紧急关头，陈嘉庚发出号召："一切有志气的华侨青年，回祖国去战斗！"据战后查证，回国的南洋机工达3192人，他们组建的"南侨机工归国服务团"共9批。"我是第八批，有7个中队，我任第三中队队长，全队57人。回国后，我们先到昆明潘家湾进行了2个月的军事和政治培训，然后被分配到西南运输处。"

这个处隶属重庆军委会，下辖团一级的运输大队19个，员工8000多人，拥有汽车3500辆，高峰时达7800辆。"我们主要是运输武器弹药、油料、工业机械等。我开一辆1936年美国产的大道奇，配一个副手就上路了。但谁也没想到路竟那么难走！"在吉隆坡时，他习惯了柏油路，一上滇缅路，才发现得重新学开车。

道路险峻还在其次，关键是它刚刚修好，非常粗糙。"两车相会时，路边地基太软，一不留神就塌陷下去，下面就是万丈深渊。再有就是晚上不敢开灯，鬼子的飞机就在头顶，怕扫射啊。只能把头伸出窗外，或让副手下车引路。几天几夜不敢睡觉，听到路边有流水声，便停车洗洗脸。"说到这里，他沉默良久，"我们中队先后死了12个，伤了9个，但没有一个人开小差，因为回国前，我们都在国父孙中山像前宣过誓：不当逃兵，要学岳飞，为祖国战死沙场！"

他最不能忘的是1942年3月的同古之战。同古是缅甸南部平原的一座小城，是保卫滇缅线的战略要地。"我是从BBC的广播里知道仰光失陷的，接着上峰命令我们载满弹药，增援戴安澜将军的 200 师。"200 师是中国入缅远征军中唯一的机械化师，行动迅捷，该师昼夜兼程赶到同古，即与日军王牌 55 师团接火。从 3 月 19 日起，双方激战 12 天，日军遭到自太平洋战争以来最猛烈的抵抗，200 师官兵用火炮、集束手榴弹和汽油瓶与日军坦克血战，杀敌 5000 余人，自己也伤亡 2000 多人。"我们赶到同古时，战事正激烈，全城一片火海，夜空通红，枪炮声和杀声四起。我当时很激动，真想拿起枪也冲上去。但上峰有令：卸下弹药后，马上送伤员回国。因为戴师长说了，绝不能丢下一个伤兵！"

车队从同古往祖国撤。3 月，正是缅甸的旱季，星星格外明亮，风从印度洋上徐徐吹来，除了马达的轰鸣，夜色中的南缅平原一片寂静。"我突然想起在家时，每到仲夏，父亲都要带我们去海边看星星，说这是祖上传下来的规矩，让我们不要忘了根……"那一刻，他非常想念家人。

那一趟，车队救回 300 多名伤员。但他当时并不知道，在此后的撤退中，由于日军的疯狂追赶，我远征军在滇缅公路尽头的密支那莫的村，将机械化装备烧毁，全军钻入蛮荒的野人山。而留在莫的村的千余名受伤官兵，为不受日军俘虏之辱，竟慨然引火自焚，全体壮烈殉国！

送伤员回国后不久，他就听说日军追到了中缅边境，戴安澜将军已经牺牲。但日军并未停止进攻，他们在 5 月初攻陷云南龙陵，接着占据怒江西岸的松山，并妄图一举拿下保山，直捣昆明。

但 5 月 5 日，位于滇缅公路（中国段）600 公里处的惠通桥被我工兵炸毁，从此中日两军隔江对峙，直到 1944 年夏秋的松山大血战后，鬼子才被全部赶出云南。

"惠通桥炸掉后，我依然在这条路上跑，只是再也没去过缅甸。"他说，"运弹药，运士兵，每次出勤都可能遭遇不测，但我总算坚持到了胜利的那一天。"据战后查证，从 1939 年初到 1942 年 5 月，南洋机工和他们的同行，经滇缅路抢运回国的军用和民用物资达 22 万吨，伤员数以万计，为此，1000 多名南洋机工献出了宝贵的生命。时任美国驻华大使的詹森经滇缅路前往重庆赴任时，曾目睹机工们顽强的精神，深为感动，称这种精神是世界上罕见的。

战后，千余机工返回南洋，另有几百人选择了留下。至于他，则属"阴差阳错"。原来，抗战胜利后，他一直在重庆帮着转运机关和学校重返原籍，"那次是去长沙，路上耽搁了，等我回到重庆，才知道错过了复员时间，回不去了。"从此，他在山城扎下根，一直干老本行，直到 20 世纪 80 年代退休。退休后，他回过马来西亚两次，一次是 1988 年，一次是 1996 年。1996 年那次他在吉隆坡待了一个多月，"几十年的话，都在那个月里说完了。我的六弟叫我留下，但我还是回来了。"问他这是为啥，他笑笑说："这边是祖国，那边是家。没有了父母，那还叫家吗？"他又说："前年 8 月，六弟还飞过来看我。他也老了，我俩只敢喝少量红酒，说话，说着说着都哭了。六弟说父母在世时，一直念叨着，说你们的二哥在为祖国做大事哩！其实我哪儿做过啥大事，不就开开车吗？"

余下的时光，他偶尔也与另外两位机工聚聚。"他俩一个在沙坪坝，一个在永川。如今都老得走不动了，几乎没法再聚了。"说罢，他长长地叹了口气，眼睛空落落地望着窗外。窗外，暮色降临，南滨路的五彩霓虹映红半边天……

斗转星移。当我也踏上滇缅路后，才知除南洋机工外，当年还有为数众多的美国大兵，甚至还有一个叫沃尔夫冈的犹太人从这里走过。沃氏现居以色列海法市，84岁。1940年夏，16岁的他随父亲逃出纳粹魔爪，辗转来到重庆，至今仍能说一口重庆话。当凤凰卫视采访他时，他清楚地记得父亲的坟在重庆李子坝："前些年我回重庆，想找他的坟，却再也找不到了。"

更让沃氏难过的，是他还专程去了一趟滇缅路。在那里，他曾收获爱情。原来，抗战后期沃氏在滇缅路上跑货车，认识了一个叫刘素兰的云南姑娘。"那时我很苦闷，没一个亲人。有一次从昆明运军需品去保山，上来一个押运员，还带了他妹妹，就坐我旁边，很挤。本来路上只要6天，但车子老抛锚，用了差不多1个月才到。一路上她不停地唱歌解闷，我俩慢慢就做了朋友。"1948年，沃氏终于娶到了自己心爱的女人，回以色列后，两人一起生活了35年。刘素兰去世后，葬在海法的公墓里，墓碑面朝蔚蓝的地中海，沃氏经常到她墓前倾诉相思之苦。当他带着刘素兰的遗物独自回到几十年前他们相识的滇缅路时，仿佛又听到了昨天的歌声，他一屁股坐在公路边，哭得像个孩子。

　　而今天，我脚下的滇缅路，依然蜿蜒于崇山峻岭中，只是路面拓宽了许多，铺了柏油。望着呼啸穿梭的车流，我感慨万千：究竟还有多少人知道，这条路上曾走过 3000 南洋机工，走过 30 万中国远征军，走过数以千计的美国援华大兵及沃尔夫冈们，而他们中的绝大多数已经作古。时光远逝，岁月无痕，怒山的线条依然坚硬，怒江的吼声依然如雷，夜空中的星星依然灿烂，但从"星星的弹孔里"，还会"流出血红的黎明"吗？

　　不知道。只知道，曾经有那么多风华正茂的年轻人，将青春化为血汗，洒在了这片群山中，而后人，几乎听不到他们的足音了……

那些狗知道是来了军人，从不恶吠相向，

只在你身前身后撒欢献媚，

和士兵们一起把憋闷了许久的心情可着劲儿地往外释放。

中建岛的狗们

◎ 陈 俨

退伍兵小唐从西沙中建岛下来时，带着一脸铁锈黑和一只雪白的小狗——豆豆。那是一只京巴，但不纯，因为它的鼻子和眼睛没有挤到一条线上。

小唐抱豆豆就像抱新生孩娃。任凭码头声浪盖天、人潮汹涌，他只把眼睛盯着怀里那一团绵白，眸子里分明流淌出无限爱惜，四溢着万千不舍，全然不像一个刚刚烈烈的兵汉子。那狗甜乖，酣睡在海洋迷彩的臂弯里，安安然然、透透爽爽，把整个世界和亮晃晃的太阳全不当一回事儿，活脱脱一幅小儿拱怀、亲娘护犊的好图景。

小岛的老兵聚拢永兴岛，是等待回大陆的交通艇。闲空里老兵们就拿豆豆开心，可豆豆乐不起来，也不想乐。它头一次离开中建，来到长满绿树和有汽车的地方，便预感到了要有惊天动地的事发生。于是改了性子，不再四处散漫，只像块白色膏药一样贴在小唐的后脚跟，寸步都不肯离。它更觉得不对劲的是，夜晚里小唐不再起来站岗巡逻，这在中建从未有过。豆豆最乐意做的一件事，就是陪小唐巡逻，一路还可追赶那忽然闪出来的沙蟹和慌张四散的耗子。可这一切都变了！

早饭后，我和司令员去看老兵。小唐端坐着，却用手极深情地抚着紧紧依偎着他的豆豆。说起豆豆，说起中建岛的人和狗们，小唐眼眶里早已溢漫出汪洋一片。

西沙中建岛偏荒得很，不毛，赤烫，浪如石，风似刀。漫漫的白沙铺陈开来，把一个小小的岛子给包裹得色调寡淡，素素的不留一星半点绿色。有些兵待得长久，闷狠了，回永兴岛一见树，竟会痴痴地在码头嘤嘤哭上一阵，边哭边用眼睛去剜那羊角树、抗风桐和椰子树，待把瞳仁和心灵浸染得青青翠翠了，把鼻涕眼泪呪呪地砸尽了，才站起来说："绿够了！"便背起行李找住处。

"苦不怕，累不怕，就怕寡闷！"小唐说，"早先条件不好，没有电视看。白天兵看兵，晚上看星星，就那十几个人，话说尽了，脸看腻了，连天上飞过只鸟，都要盯住猜是不是双眼皮的。业余时间大家就想着法子找乐。开始是互相数眉毛，全队谁有多少根眉毛大伙都一清二楚。还比过撒尿，看谁滋得远，那纪录也不断被刷新过。后来发现，养狗能解闷，中建岛上就养开了狗。少时四五只，多时一人一只还有富余。都什么狗？啥狗都有，名种狗、观赏狗少，大多是些柴火狗。"

　　我和司令员多次去过中建。除了士兵们列队迎接，还欢叫着一码头的狗们。那些狗知道是来了军人，从不恶吠相向，只在你身前身后撒欢献媚，和士兵们一起把憋闷了许久的心情可着劲儿地往外释放。

　　一时间小岛上笑声和狗叫声相互鼓噪着冲天而起，手牵手在蓝天白云间穿行，搅得千百只大凤头燕鸥一同鸣唱着、翻飞着、欢喜着。

　　"是的，中建人离不开狗。"小唐抱起豆豆，豆豆便用粉粉润润的小舌头去舔他的脸和鼻子，布满了一脸的口水。

　　"狗是最知心的朋友了。别看它们是动物，除了不会说话，啥都懂。有些话不能跟家里人说，不能跟领导和战友说，但可以对狗说。它们绝不会给你透露出去。每次跟狗聊天，它们都会认真盯着你的眼睛，那神情分明在说我知道了，我听懂了……"

　　小唐努力噙着泪水说，"刚上岛的新兵都怕站夜岗，特别是风高月黑的时候，更是紧张，怕有人摸上岛来。队长就让他们带着狗，那比带上支枪都管用、壮胆！中建的狗很邪门，哪怕有一只海龟远远地从海滩爬上来，它们都会狂叫不止，直到把嗓子叫破喊烂。早些年有越南人常往岛上摸，想挖龟卵、偷鸟蛋，每次都是这些狗们先把他们吓唬住的。这还是些没有训练过的土狗。今年上来了一条德国黑背，就更踏实了。"

　　黑背叫"先锋"，是总部军犬训练基地配备的。"先锋"来了以后立刻把那些柴火狗比没了。它不仅高大威猛，且气质不凡。

每天别的狗吃了就睡、醒了就吃，"先锋"却有训练科目，或匍匐、跳跃，或嗅源、追踪，之后就是让主人梳洗打理，过得有声有色。它从不乱叫，只听驯养员的指令，宁可饿死都不乱吃东西。每回来了交通艇，别的狗只会像没头苍蝇似的乱蹿乱叫瞎忙活，"先锋"却沉沉稳稳，一声不响、目不斜视地与官兵一起列队迎候来客。夜间巡逻也是悄无声息地走在哨兵左右，潜伏时则做出标准的卧伏姿势，给它个指令就匍匐前行，一举一动训练有素，也透着血统的高贵。队长把它看成宝贝，当个战斗员使唤，全队的人都觉得岛上安全多了。

"其实黑背也好土狗也好，时间长了，都和官兵有了兄弟般的感情。"小唐接着说，"有的兵探家总是提前归队，除了恋岛，就是想他们的狗。特别是在与狗们生离死别时，最是让人难过。当年，中建岛的第六任指导员周琦就有过一次这种体验……"

1995年冬，北方扑来的寒潮像是刻意要封锁这孤绝小岛，用两个多月的险风恶浪幻灭着一切前来补给的希望和可能。半袋大米是岛上全部所剩，没有荤腥，没有绿菜，官兵们的生存受到威胁。周琦做出惊天决策：杀狗！

这是大事，杀谁的狗？杀谁的都舍不得。于是开会，于是讨论，于是研究。一屋子人勾着头抽闷烟，像是自己就要赴死，不敢拿眼睛去惹周琦。周琦只好提出把一只性格忧郁、经常伤害燕鸥的小土狗杀了，顺便优化种群。那狗的主人是个老兵，豁出命地不依不饶，说我的狗再不济也是生命一条，它忧郁是因为受你们和你们狗的歧视，再说，杀了它我可咋过？还是杀了你那只大黑狗吧，谁叫你是指导员呢，要带头牺牲！周琦被将了军，只得割爱。

杀狗时，他去远处避了，眼泪流了一沙滩。炊事班长勒住大黑狗的脖子把它悬吊在门框上，那狗竟不叫，只是哗哗淌泪。棍棒打了无数下，不死，直到打断绳索，那狗便吱吱呜咽着挨屋找寻主人，惜别的泪水淌湿一地……周琦那痛失爱子般的心情长长久久地持续着，直到今年重返西沙向我述说此事时仍泣不成声。从那以后，他发誓一辈子不再养狗，怕的是触动心潭深处那透骨的疼！

"中建的狗也真不易，"小唐说，"它们也要与我们同甘共苦。要顶得住晕船的滋味，要耐得住天地作炉、四时流火的酷暑，要扛得住缺食少水的艰辛。它们也会得关节炎，也会得忧郁症，甚至还有因疯癫而跳海自尽的。难得的是它们不离不弃，始终和主人一起像钉子般扎在海天之间那荒蛮的所在。中建人有功，这些狗也有功。所以，兵们都十二分地善待那些病死或终老的狗，把它们和早先牺牲在中建的战友相伴而葬。"

豆豆时而去舔小唐的泪水，时而把小脑袋钻进小唐怀里。我问豆豆怎么办。小唐说原打算把它放在中建的，在那服役十几年，魂魄早已扎进沙滩里、铸进哨位上了，真舍不得离开，就想留下豆豆好有个念想。可护卫艇离开码头时，它拼死了要往海里跳，没办法，只好带来永兴。我和老乡说好了，放到他那儿养。这多

少也让我放心些，老乡不会亏待它的。小唐边说，边亲着豆豆湿

漉漉的小鼻子……

　　小唐走了，走时他不敢回头看豆豆。

　　豆豆不见了。

　　有人说，曾见一团绵白纵身跃入南海的万顷波涛之中。

高原百合

◎ 韩松落

　　有个外地女子嫁给了空军，跟着她的丈夫来到高原上生活，就在空军基地附近的农村小学教书，语文、数学，能教什么，就教什么。这种身份，叫民办教师。

　　学校很穷，教室是平房，冬天生不起炉子，学生没有钱买作业本。她想，怎么办呢？那就种点东西卖钱吧。找一块荒地，跟村长打过招呼，春天一来，她就带着学生忙活起来，烧蒿草，平荒地，把土里的石头捡出去扔掉，凑钱买种子，播种，从远处拉水浇灌，拔野草，翻地，杀虫子。

　　她种百合，百合价贵，可以多卖些钱，可长起来也慢，要3年。在等着百合成熟的前两年里，她就再种些别的东西，土豆、辣椒、茄子、西红柿，一茬一茬的，总能跟上趟。地是荒地，她爱种多少，爱把菜地扩多大，都可以。她有时候索性把课堂也搬到地头上去，就讲农业知识。学生们欢天喜地地跟着，分成许多组，轮流去地里做活，算作勤工俭学。

土豆、辣椒、茄子、西红柿都成熟了，用板车拉着，全卖成了钱，后来百合也卖了钱。生炉子，盖新校舍，再后来，到这个学校上学的孩子可以不用交钱。

农村里，在别人菜地里揪一段黄瓜，摘两根辣椒，不算什么，唯独学校的地，从来没有人下手。

她上了报纸，20年前的报纸。20年前的报纸，给了她一个整版，就讲她怎么带着孩子们种东西，怎么盖起了新房子，让学生上学不用交钱。

20年，这个城市不知杀过多少人，放过多少火，有多少UFO经过，可就是这段新闻，让人非常愿意想起来，时不时地，它就自己跳出来，像一簇小小的火苗，让人暖和那么一下子。

也许她没想那么多，只是那种想种点什么东西的本能的喜悦驱使着她，让孩子们上学不用交钱，不过是这种喜悦的最终结果。她一定本能地喜欢看到种子变成翠绿的苗，在下雨天吸着雨水，每一天都长大一点，开花，结果，她一定在地头上站着，看得出神。报纸一定不会注意到这点，报纸只会说，她挑水挑到肩膀青肿，翻地翻到双手起泡，只因为心里有个伟大的念头在呼唤着她。她一定没有想那么多。驱使着她的，一定还有凭借种植东西，把孩子们凝聚在一起的那种喜悦。每天期待着什么东西长成，推着板车一起走在去集市的路上，在灯下吵嚷着算一算账，孩子们一定当那是天大的事，而遇到这样天大的事的机会，一生中不常有。共同的劳动最能培植起一种质朴且崇高的感情，就好像电影《死亡诗社》《油煎青番茄》里的那样。

　　20 年间，我曾无数次从那个空军基地经过。基地隐藏在白杨树荫里，宽敞整洁，村庄也隐藏在白杨树荫里，宽宽的白土路从树荫里伸出来。附近的山头上，全是百合地，如果是 7 月，百合花像着了火一样，从山下烧到山头。他们的百合地在哪里呢？那些被喜悦鼓励过的孩子后来都到哪里去了呢？我想起《油煎青番茄》最后的那段旁白："咖啡馆似乎是市镇的心脏。真不敢相信，一个小小的地方，可以维系这么多人。"

母亲一生只同父亲照过两张合影，

如今被母亲放得大大的，挂在自己的卧室里。

她还请摄影师用影像合成技术，

将她和父亲不同时期的个人照片制成合影挂在墙上。

爱，可以不说

◎ 冯远征

一

那是在上海解放前夕，身为某纵队师长的父亲因工作需要要同恋人丁秀英分别了。她被派往上海从事党的地下工作。

分别是在一个有月无星的夜晚。当丁秀英得知将自己派往上海做地下工作竟是我父亲的提议时，委屈的泪水夺眶而出⋯⋯

父亲送给自己的恋人一支在孟良崮战役中缴获的日式钢笔，以作留念；丁秀英也将自己的一张黑白小照片送给了我的父亲。

二

解放上海的战役打响了。被称为"冯大胆"的父亲把师指挥所设在了距敌三百多米的最前沿，他渴望早日解放上海，也渴望能早些见到自己的恋人。该师击退了敌人一次次的进攻，但部队伤亡惨重。纵队文工团请战前往一线增援，父亲火了："男同志留下，女同志一律给我撤下去。"文工团团长唐克力争说："战争对于男人和女人是一样的，文工团就是剩下一个人，也要保证阵地在。"父亲掏出手枪命令道："赶快让女同志撤下去，因为将来她们每个人都是要做母亲的……"

此时一发炮弹打来，父亲一把推开了唐克，自己却倒在了血泊之中……

上海迎来了属于她的解放，到处是欢庆的锣鼓声和鞭炮声，父亲却独自一人躺在病床上。他身上8处受伤，绑满了绷带。他取出丁秀英送给他的那张黑白小照片，久久地凝视着……

纵队文工团前来慰问，父亲委托一名文工团团员到华东军区组织部打听丁秀英的下落。这是一位漂亮且善良的女孩，在华东军区纪念馆中，她见到了丁秀英留下的一件"遗物"——父亲当年送给她的那支日式钢笔。

从未流过泪的父亲用被子捂着脸，失声痛哭起来……

三

纵队司令员亲自到医院来看望我的父亲，他劝慰自己的老战友、老同乡说："战争总是要死人的，纵队里漂亮女孩有的是，全纵队你第一个挑，这主我作了。"

恰好那天曾帮助父亲寻找丁秀英的小同志也来看望我的父亲，司令员一拍大腿说道："我看这个小同志不错嘛！对你也有点那个，我看就是她了……"

司令员让警卫员以我父亲的名义送上一双小号胶鞋，是师以上领导才能领取的那种，但被那位小同志无情地从窗口扔了出去。

司令员又亲自在家设宴请小同志吃饭，他语重心长地对她说："老冯是放牛娃出身，从小没有爹妈，打了大半辈子仗，这样的老同志不该照顾吗？"那位小同志只是低头不语。"下个星期天结婚！"司令员的话近乎命令。小同志将司令员倒的一杯酒一口喝了下去……这位小同志就是我的母亲，那年她18岁。

婚礼极其简单，在家的纵队首长都参加了婚礼，桌上摆放着瓜子和花生，还有军人离不开的烈酒。

新婚之夜，父亲才知道她叫寒英，纵队文工团团长唐克是她的恋人……

第二天，父亲约唐克在一家小饭馆见面。父亲同不善饮酒的唐克一连干了三大碗。唐克醉了，父亲也醉了，醉意蒙眬中，父亲伸出右手重重地拍在唐克的肩膀上，说了一声："对不起了！"唐克满嘴喷着酒气说："你是首长，是大哥，娶小寒是你的权利，也是小寒的福分。"然后两人举起酒瓶"咚、咚、咚"地喝了下去……

从宿舍到办公室每次都要经过文工团的驻地，可父亲总是绕道而行。文工团每次演出，父亲都会找个理由不去观看。一次陪同上级首长去观看演出，父亲把帽檐压得很低很低，演出还未结束，他已悄悄地溜了出去。

一次，母亲在为父亲收拾书桌时，意外地发现了丁秀英送给他的那张黑白小照片，照片背后还留着父亲的墨迹——"永远爱你的冯青"。

母亲气不打一处来，父亲将照片捧在手中说："对于一个死去的人，留一点纪念还不行吗？"父亲要将照片撕毁，母亲一把夺了过来……

夜深了，母亲拿出了唐克写给她的分别信："冯青是个好人，打仗很勇敢，他有资格娶你，照顾好他是你的责任……"母亲暗自流下了眼泪。

四

朝鲜战争打响了。时任军参谋长的父亲参加了中国人民志愿军首批军事视察团赴朝。有了家、有了女儿的他第一次有了一种难以割舍的感觉。

那一晚父亲与母亲谈了很久。父亲说："你放心吧，我与子弹有个约定，不准朝着我的脑门子打。"母亲娇嗔地捶打着父亲说："不准说这些不吉利的话，我们有了小爱华，我的肚子里又有了……"父亲侧过耳朵轻声说道："让我听听……"

集合号响了，母亲坚持要送父亲到集合的操场边，父亲却不准她去送。他说："你不准走出门口半步！哭哭啼啼的让别人怎么看。"母亲哭着"咣"的一声重重地将门关上。

父亲没有回头，他大踏步地向集合地走去……

战争进行得异常艰苦，每天军留守处都挤满了打探丈夫消息的人，在人群中也有母亲携着小女儿、挺着大肚子的身影。

一天，从不迷信的母亲，来到距军营十几里路的庙宇中烧了几炷香，为父亲祈祷平安。小女儿哭起来："我想爸爸，我要爸爸！"母亲流着眼泪对她说："爸爸很快就会回来的……"

许是过分伤感，第二个孩子提前降生了。

"是个男孩！"护士过来报喜。母亲笑了："20 年后又是一个冯青！"这个男孩就是我。

五

第二批志愿军就要赴朝了，唐克坚决要求赴朝，但一连三次申请都被退了回来。

恋爱受挫的唐克，期待用战火洗去自己内心的伤痛。他找到了我的母亲，请她以军首长夫人的名义去为他争得入朝作战的机会。母亲违心地答应了。

母亲也请求唐克为刚刚出生的我起个名字。唐克拒绝说："这要征求首长的意见，这是他的权利。""不！"母亲说，"冯参谋长远在前线，我们为孩子起个名字也是对他最好的祝福。"

唐克在母亲的一再请求下说："那就叫'远征'吧，纪念首长为祖国和人民去远征。"

在为唐克赴朝送行的人群中，也有母亲的身影……

在唐克的坚决要求下，他被编进了作战部队。

在敌人的一次突袭中，他被炸断了右臂。部队令他回国疗伤，他写下了血书：誓为战友报仇，绝不离开战场。

父亲把电话打到了唐克所在的团部，令唐克迅速回国治疗。父亲说："这是组织的决定，也是寒英同志给我的嘱托。"

父亲特意赶去为唐克等伤员送行，唐克用左手向父亲行了一个军礼，父亲脱下自己的军大衣，轻轻地盖在躺在担架上的唐克身上，然后久久地举起自己的右手……

六

1955 年是父亲多喜的一年。

朝鲜战争结束后，他被任命为南京某军事学院系主任，被授予了少将军衔；年底，他的第三个孩子出生了，我家也搬到了南京。

我的弟弟叫抗美，长得极像父亲。一次，小姨抱着抗美去南京儿童医院，给抗美看病的女医生似乎从他的相貌中发现了什么。

一个星期天，这位女医生来到了我家，原来此人就是丁秀英。

在上海解放前夕她被叛徒出卖，不幸被捕入狱，后经党组织积极营救出狱，解放后被调往南京工作，至今未婚。

父亲将丁秀英介绍给母亲，她们既为能在南京见面而欣喜，又为在经历了历史造成的误会之后在此会面而尴尬。她们有着说不完的话题，有着流不完的泪水，还有笑声……

这一切都是父亲没有想到的。

丁秀英自打有了第一次登门，就有了第二次、第三次的拜访。一天，丁秀英来到我家，突然提出想将长相极像父亲的小抗美认为养子，这遭到了母亲的坚决拒绝。

父亲与丁秀英的"特殊关系"使母亲产生了怀疑与嫉妒。她找到学院的领导，执意要将父亲调出南京。与此同时，丁秀英也以结婚为由，调去了北京某部委。这时母亲才知道自己做了一件不可饶恕的错事。

历史是缘分的天空。此时，唐克也转业来到南京工作，但母亲已在不久前跟随父亲调往北方某城市的华北军区工作了。唐克心中十分遗憾。

七

父亲在华北军区某军担任代理军长。但此时父亲病倒了，他患了黄疸型肝炎，住进了军部医院。医护人员劝他到军区总医院进行一次全面检查，但被他谢绝了，并要求所有的医护人员为他保密。

每当肝病发作时，黄豆大的汗珠就会从父亲的额头上滴落下来。一天晚上，母亲发现父亲用手顶着肝部，倚靠在床边，满脸都是汗水，她心疼地对父亲说："冯青啊，你要是疼得厉害，就喊几声吧！"从未喊过一声疼的父亲火了："你给我滚出去！"

八

1966 年，又是一个多事的春秋。

父亲被遣送到安徽某茶场进行劳动改造。面对重病在身的父亲，母亲坚决要求与他同行，但 4 个孩子都小，需要照顾。父亲放弃了与妻同行的计划，头也不回地爬上了军用大卡车……

父亲刚烈的性格是母亲深知的。母亲为远在安徽的父亲捎去了毛笔，希望他在休息时间写写字，画画花草，调解一下自己的心情，但毛笔被父亲扔到了稻田里。母亲又特意为他录制了样板戏的磁带，也被他塞进了床底下的皮箱中……

父亲喜欢下围棋，他带去的围棋是他的最爱，在黑白世界的厮杀中他似乎忘记了这个世界上还有痛苦的存在。但偌大的农场中却没有一个对弈者。于是，父亲用凿子在门口的石桌上凿了一副围棋棋盘。他一会儿走到黑棋方说一句"该我走了"，然后又走到对面说一句"老伙计，让我代你走一步……"

一天下工，农场通知他去接一个重要的电话。电话是南京某军事学院张副政委打来的，他说："组织上决定给你平反了，老伙计，我想你啊……"父亲说："我也想你啊……"电话两端泣不成声。

九

父亲又重新回到了南京，母亲领着4个孩子到车站迎接他。父亲生平第一次握着母亲的手说了声："苦了你了，苦了孩子们了。"母亲流泪了，她哭着对孩子们说："快问爸爸好！"4个孩子异口同声地说："爸爸好！"父亲的眼睛也有些湿润了，他把脸转向了别处……

回家的路上，我穿着塑料凉鞋走在后边，发出了"趿拉"声。父亲火了，他大声喝道："站住！听我的口令，向后转，齐步走……"母亲轻轻地推了推他说："刚回来，哪儿来那么大的火气！"

夜深了，孩子们都睡着了。父亲将事先准备好的小红包一个个轻轻地放在了孩子们的枕头底下，每个小红包里装着两元钱，那是父亲特意从银行里换回来的新纸币。

下午曾受到"惩罚"的我并没有睡着，我第一次发现父亲原来是会笑的。

父亲再一次病倒了。一天清晨，他突然对母亲讲："寒英啊，昨天晚上我做了一个梦，梦见我不行了。我当了一辈子兵，想让两个儿子接我的班，让他们今年一道参军去。"母亲说："可他们还小啊！远征刚满 16 岁，抗美只有 14 岁。"但最终母亲还是重重地点了点头。

母亲要给我和弟弟每人 15 元钱，但父亲不答应。父亲说："我当了一辈子兵，部队我了解，什么都发，用不着花钱。"后来，母亲还是趁父亲不注意，悄悄地将钱塞到了我和弟弟的衣袋里。

军用列车启动了，父亲忙把事先准备好的两个信封分送给我和弟弟。那是一本《毛主席语录》，父亲在上面写了这样四句话："牢记阶级苦，不忘血泪仇。紧跟毛主席，永远干革命！"

十

在父亲生命最后的日子里，他向母亲道出了自己最后的心愿：赴北京再看望一下丁秀英。

母亲深深地理解自己的丈夫，默默地为他准备着送给丁秀英的礼物……

在北京某部委的干部宿舍里，父亲同昔日的恋人进行着最后的话别。他得知丁秀英当年是因为一封匿名信而离开了南京，并一直未婚，两位老人为历史的误会而泪流满面……父亲说："这些年来你一个人生活得好吗？我可能不行了，这也许是我们一生中最后一次会面了……"丁秀英说："你为什么不早点告诉我，也好让我去尽点义务，照顾照顾你……"

父亲把母亲托他带来的一枚戒指转送给丁秀英，丁秀英哭着说："寒英是个好人啊，谢谢她，谢谢她……"父亲接着将当年丁秀英送给他的那张黑白小照片递到她的手里："这张照片我送还给你，你好好珍存着吧，今天是我最高兴的一天……"

两个月后，父亲走了，永远地走了。

在他生命的最后时刻，父亲紧紧地握着母亲的手说："我们一起唱一首歌吧，你要学会坚强，用歌声为我送行。"母亲提议："就唱你最喜欢唱的那首《唱支山歌给党听》吧。"病房里，一对不再年轻的夫妇哼唱着生命的进行曲……

母亲终于向父亲吐露了心中埋藏已久的秘密，她告诉父亲，当年丁秀英收到的那封匿名信是自己让别人写的。父亲久久地沉默着……

父亲走了，母亲在他那宽阔的额头上吻了一下。

追悼会很隆重，领导来了，战友来了。追悼会没有播放哀乐，扩音器中响起了《唱支山歌给党听》的旋律。那是父亲最后的心声。

母亲遵照父亲的遗愿要将他的骨灰送往他的家乡——位于大别山区的金寨县。丁秀英执意要与母亲同行。

在墓碑前，丁秀英吐露了自己的心声："我的老家在江西，父母亲走得早，又无儿女，希望我在死后也能葬在这里，让我们共同来陪伴冯青同志，好吗？"两个共爱着同一个男人的女人紧紧地拥抱在了一起……

父亲的坟墓两旁又为这两个女人留下了两座碑座。一个在左，一个在右。

十一

母亲病了，她住进了南京军区总医院二楼的病房。她当年的恋人唐克也病了，住进了南京军区总医院四楼的病房。她与他无论如何也不会想到 50 年后两位昔日的恋人竟会在这个白色的世界里相遇。

在病床上，母亲认识了另一个女人——唐克的妻子陶馨馨。她以自己的宽容与真情激励着母亲和唐克坚强地活下去。她买了一摞明信片，在她与他之间传送着相互鼓励的话语——

"寒英同志，你要为了孩子们坚强地活着。"

"唐克同志，你有那么一位优秀的妻子，我为你欣慰。"

……

陶馨馨每天在二楼与四楼之间奔走着，为两个曾经相爱过的人传递着友谊，传递着坚强，传递着爱。

母亲被真挚的情感感动着，她努力地活着。但，唐克走了。

唐克在临终前，托陶馨馨将父亲在 11 年前亲笔写给自己的一封信转交给了母亲。"唐克同志……这些年来寒英跟我南征北战，没有享过多少福……我要走了，请你有时间多给她写写信，打打电话，劝她再找一个靠得住的人，能给她幸福的人——就像你这样的男人。拜托了……"母亲把那封信看了一遍又一遍，眼泪静静地流淌出来……

　　母亲一生只同父亲照过两张合影，如今被母亲放得大大的，挂在自己的卧室里。她还请摄影师用影像合成技术，将她和父亲不同时期的个人照片制成合影挂在墙上。但此时她患了糖尿病综合征，双目已几近失明了。

　　一天，母亲郑重地将我们4个儿女召集在客厅里，用手指着父亲的遗像一字一句地说："我这一生最对不起一个人，那，就是你们的父亲！"母亲说得异常认真。4个儿女拥着不再年轻且重病在身的母亲，一起哭了……

　　我们身为儿女的终于懂得了——爱，原本是可以不说的！

我闭上眼睛，用心聆听

——我听到了少男、少女们奔跑的脚步声，

他们从这里，

跑向四海星辰，跑向人生极致的风景。

在这里，我仍能听到青春的足音

◎ 刀 口

一

1938 年 11 月的一个早晨，重庆，薄雾。

14 岁的少女齐邦媛在父亲的陪同下，乘车从上清寺出发，前往沙坪坝上学。"我们沿嘉陵江往上走，车行大约 20 余里，过了小龙坎不久，在一片黄土坝子上，远远地出现了一排红褐色的大楼，在稀疏的树木中显得相当壮观——那就是南开中学。在这里 6 年，我成长为一个健康的人，心智开阔，奠立了一生积极向上的性格。"

许多年后，齐邦媛对南开中学仍心怀感念。她生于辽宁铁岭，流经此地的辽河在清代叫巨流河。由于父亲齐世英跟随郭松龄兵谏张作霖失败，被迫流亡，6 岁的齐邦媛离开了东北故乡。此后的 17 年大部分是战争岁月，她跟随父母从南京、北平，一路辗转去往西南地区，在重庆南开中学度过了少女时光，后就读于国立武汉大学，师从朱光潜、吴宓等大师。1947年，齐邦媛前往台湾，再留学美国，后任台湾大学教授，直至1993年才重返故乡。

她人生的巨流河，在重庆南开中学拐了第一个弯。

这缘于南开中学的办学理念。早在抗日战争全面爆发前的1936年，著名教育家张伯苓未雨绸缪，亲赴重庆考察，决定在这里建一所中学。新建的学校除教学大楼外，最抢眼的就是体育设施了。即便是80年后我走进重庆南开中学，当年修建的大操场依然亮眼——平整宽阔的场地，400米的标准跑道，敦实的看台，规范的排水设施。那由整块条石垒砌的堡坎，80年后依然严丝合缝，让人叹为观止。

是什么样的工匠，有这样的鬼斧神工？是什么样的管理者，能督导出这样的工程？

这一切，皆缘于老校长张伯苓。张伯苓是天津人，中国现代职业教育家，私立南开系的开创者。他以"教育救国"为毕生信念，为国家培养了包括周恩来、温家宝等在内的大批人才，被尊为"中国现代教育的创造者"。在他的教育理念中，体育占有突出位置。"强国必先强种，强种必先强身。"张伯苓认为，体育不仅是体能训练，"还与各事均有连带关系。读书佳者宜有健全身体，道德高者宜有健全身体"。南开中学真正做到了将体育与智育、德育放到同等重要的地位，哪怕是在艰苦的抗战岁月，南开中学仍把体育设施作为硬指标，400 米标准跑道、篮球场、排球场、垒球场等无一缺失。

同时，张伯苓还在南开中学推行"强迫体育"，规定学生的体育成绩必须达标才能毕业。所谓"强迫体育"，包括各年级开设的体育课，以及按季节开设的队列练习、柔软体操、轻重器械、技巧运动、健身舞蹈、球类及田径等课程。体育测试包括百米跑、铅球、跳高、跳远、400 米跑等，学生必须通过体育课和"三点半，操场见"的课外活动加强锻炼，才能完成测试。

二

瘦弱的齐邦媛，哪里晓得南开中学的体育竟如此严格。

她就读的是男女生混编的 1938 第 43 班，学费为每年 78 块银圆。同年级有一个女生班，班里全是大人物的女儿，阵容豪华——有汪精卫的女儿汪文恂、马寅初的女儿马仰男、傅作义的女儿傅冬菊、卢作孚的女儿卢国懿、翁文灏的女儿翁灿娟、杨森的女儿杨郁文等。

纵是家中公主，也必须过体育关，没人能例外。

齐邦媛各科成绩都很好，唯独体育糟糕。初一时，因身体瘦弱，她竟在冗长的晨间升旗训话时晕倒，成为同学们的笑柄。天气太热或太冷时，站久了有人就会说："看！齐邦媛快要倒了。"她也常常不争气地真晕倒了。

踢踏舞是女生的必修课，"有位高老师教了我好几年体育，她长得很挺秀，身材优美，同学们很规矩地跟着她跳，我却老是跟不上舞步，她就拿小指挥棒敲我的脚踝，说：'你功课那么好，脚怎么这么笨呢？'"

脚笨的齐邦媛，开始选择其他体育项目。

南开中学要求每天下午 3：30 教室门全部上锁，所有学生必须走出课堂，融入火热的课外活动中。除非下大雨，学生们几乎天天练球、比赛。如果有学生偷偷躲在教室里做功课被发现，要记大过一次。因此，"三点半，操场见"成了那个年代重庆南开中学如火如荼的体育运动的生动写照。

最初，齐邦媛以为垒球比较温和，适合瘦弱的自己，谁知跑垒对跑步速度要求很高，"我在饱受嘲笑之后，发现自己事实上是可以跑得快的"。经过锻炼，半年后，她由"靠边站"的后备球员升为班队一垒手，初三那年竟成为校女子田径队的短跑、跳高和跳远选手。

齐世英夫妇对女儿的体育表现实在不敢相信。"有一天，母亲终于鼓起勇气去看我比赛，她忧心忡忡，随时准备在我倒地时把我拎回家。至今已过去 60 多年了，我仍记得自己跃入沙坑前短发间呼啸的风，一个骨瘦如柴的 15 岁女孩，第一次觉得生活真好，有了生活的自信。"

很多年后，齐邦媛去纽约看望拿小棍子敲她脚踝的高老师，老师打开门，齐邦媛刚问："您还记得我吗？"老师就流下泪来，说："哎呀，我怎么能不记得你们这班淘气包呢？"

两个人都哭了。

人世间最美好的是相遇，最难得的是重逢。

读高中那年，妈妈在镇上给齐邦媛订做了两件浅蓝色的阴丹士林布长衫。早上，小姑娘从家里出发去学校，走过田埂时，她看到在大雨过后积满水的稻田里自己的倒影，"那是穿了长衫的我啊！我满脸的快乐与专注。头上的天那么高，那么蓝，变化不断的白云飞驰而过。16 岁的我，第一次在天地间，照了那么大的镜子"。

体育，让孱弱的小姑娘成长为健康的少女。

多年后，小姑娘身为名校教授，出版了长篇回忆录《巨流河》，引起两岸轰动。书中讲述了一个中国女孩子在辗转流亡的艰苦岁月中，奋斗、成长、追求幸福与理想的故事，字里行间散发出沁人心脾的温暖与乐观。如今 93 岁的齐邦媛仍能说能写、身体健康。可以说，南开中学的教育，让她在少女时代得到了全面发展，并影响了她的一生。

三

就在齐邦媛升入高中的 1941 年，一个叫吴敬琏的小男孩考入了南开中学初中部。吴敬琏生于 1930 年，母亲邓季惺、生父吴竹似、继父陈铭德都是著名报人。特别是他的母亲邓季惺，奉节人，14 岁考入四川省立第二女子师范学校，受到恽代英、张闻天、萧楚女等人进步思想的影响，后来成为社会活动家。

吴敬琏从小学习成绩优秀，但身体瘦弱，体育常常不及格。在吴敬琏的记忆中，南开中学要求学生全面发展，不合格者必须淘汰——初一有五个班，到初三时只剩下三个班，换言之，每年要淘汰一个班，"其中最硬的一条杠子就是体育。我第一年就差点儿被刷了，因为体育不及格。我数学很好，我们初中部的主任教数学，他对我印象不错。我想留在南开中学，就跟老师承诺要把体育搞上去。那时我的身体很差，每天下了自修就去操场跑两圈，800 米"。

一天又一天，一月又一月，吴敬琏和所有体质差的孩子们坚持在操场上跑步，没人会帮你，也没人怜悯你，你必须自己扛下来。有时天黑了他们还在跑，灯光洒在操场上，孩子们嚓嚓的脚步声与晃动的灯影，都给人一种不真实的感觉。但吴敬琏坚持着，期末一考核，居然达标了！"就这样，我得以在南开中学继续上学。南开中学，绝不只要求你数理化成绩好，你必须德智体全面发展才行。"

多年后，小男孩成长为中国经济学界的泰斗，被誉为"中国经济学界的良心"。忆及过往，吴敬琏说："我虽然只在南开中学读了两年，但我觉得那是我一生中最重要的两年，它对我的影响非常大。我在从少年到青年的转折期进了这么一所学校，乃人生大幸也！"

吴敬琏对南开中学的"公民训练"记忆深刻，"南开中学除教授语文、数学等功课外，从逻辑思维、语言表达的训练，公民课上关于如何开会、如何选举的学习，到每栋楼进门处的镜箴上'头容正、肩容平、胸容宽、背容直；气象勿傲、勿暴、勿怠；颜色宜和、宜静、宜庄'的仪态要求，都使我终生受用不尽"。

吴敬琏认为，南开教育之所以"高贵"，并不是说学生在生活上有多么奢侈与安逸，也绝非目中无人、颐指气使，而是对学生有德智体并进的高素质要求。

这样培养出的学生，才具备担当时代重任的勇气。

抗战 14 年，在重庆沙坪坝这块热土上，像齐邦媛、吴敬链这样因教育、因体育而终身受益的孩子，成千上万。

四

80 多年后的今天，我站在空寂的南开中学的大操场上，当年的歌声早已飘远，但阳光依然灿烂。我闭上眼睛，用心聆听——我听到了少男、少女们奔跑的脚步声，他们从这里，跑向四海星辰，跑向人生极致的风景。

为了排解瓦里浓浓的乡愁，
赵清彦为瓦里买来了一张世界地图和一把放大镜。
瓦里想家时，
他就陪瓦里拿出放大镜看看家乡克拉斯诺亚尔斯克，
看看美丽的叶尼塞河，看看那片生她养她的故土。

一位俄罗斯姑娘与中国红军的生死情缘

◎ 何光贵

为了爱，一个俄罗斯姑娘与"中国大哥"结了婚；为了爱，她离开了祖国，随丈夫来到了中国；为了爱，她与"中国大哥"相濡以沫近半个世纪。

在四川省旺苍县红军院三楼右侧的一套普通楼房里，每当黄昏夜幕，一位棕发碧眼的俄罗斯老太太常常手捧一位老人的遗像，呆呆地望，痴痴地想。

情到深处，老人竟伏像吻泣，泪流满面……

这位 81 岁的俄罗斯老太太名叫列里敏·尼柯娃·瓦里，那遗像上的老人名叫赵清彦，是老太太已逝的丈夫。面对笔者的采访，老太太把我们带到了那个战火纷飞的年代。

战争撕裂了幸福的生活

1925 年 2 月，瓦里出生在苏联克拉斯诺亚尔斯克市。父亲列里敏·尼柯夫·斯基版在木材加工厂工作，母亲茹柯娃是幼稚园里漂亮的女工。在瓦里 2 岁和 5 岁那两年，父母生下了妹妹列里敏·尼柯娃·玛丽和弟弟列里敏·尼柯娃·比德，一家人过着温馨而幸福的生活。每逢节假日，父母总爱带着瓦里和弟弟妹妹到野外郊游，看蓝天白云，听流水轻唱。飞驰的马车里有他们动听的歌声，美丽的叶尼塞河撒下了他们银铃般的笑声，高高的白桦林里有他们欢乐的身影。童年的生活多么美好啊！

然而，好景不长。不久，德国法西斯入侵苏联，苏联人民奋起反抗，卫国战争全面爆发。为了保家卫国，1942 年 6 月，45 岁的父亲斯基版紧急立征入伍，不久，为国捐躯，战死疆场。噩耗传来，犹如晴天霹雳，母亲茹柯娃贫病交加，撒手人寰。当时，瓦里正在克拉斯诺亚尔斯克一所中学读初三，为了报国仇家恨，为了不让弟妹辍学，瓦里擦干眼泪，抑制住父母双亡的巨大悲痛，毅然辍学，报名到一家造坦克的兵工厂工作，用 17 岁的稚嫩肩膀挑起了家庭的重担。

战争，给这块土地上的人民带来了深重的灾难。克拉斯诺亚尔斯克和苏联其他地方一样，粮食紧缺，物资匮乏。为了生计，瓦里像一台不知疲惫的机器，每天工作长达 12 个小时。供应的粮食不够吃，瓦里就在屋后开出了大片土地，种了洋芋、小麦……多少个日日夜夜，瓦里像大人一样烧好屋里的暖气，烤好面包，熬好奶酪，尽量让弟妹吃饱穿暖，幸福快乐。瓦里坚信日子总会一天天好起来的。

一见钟情

那是一次多么令人心动的会面啊！

克拉斯诺亚尔斯克的秋天如一个优美的童话，浩荡的叶尼塞河日夜奔涌不息，一望无际的枫树林层林尽染。初秋的一天早上，瓦里从一家农庄经过，农庄前摆满了新鲜的西红柿、水灵灵的黄瓜……看到那诱人的蔬菜，瓦里不觉放慢脚步，挤进了买菜的人群。"小姐，买菜吗？"一位黄皮肤、黑头发的中国大哥用生硬的俄语问道。"是……不……"想到口袋中仅有的几个卢布，瓦里犹豫了，白皙的脸上泛起了红晕。"姑娘，这是我们自己种的蔬菜，你带回去尝尝鲜吧！"中国大哥边说边将水灵灵的黄瓜、新鲜的西红柿塞进了瓦里的菜篮子。

在兵荒马乱的年代，就是一斤黄瓜也要卖几十个卢布。在这里种菜的中国大哥常常接济生活困难的妇女儿童。瓦里向中国大哥连连道谢后，匆忙离去。

那位送菜的中国大哥名叫赵清彦。

深夜，清冷的月光透过窗棂照在克拉斯诺亚尔斯克一家农庄简陋的宿舍里。宿舍里伙伴们香甜的鼾声此起彼伏，躺在床上，赵清彦怎么也睡不着。那美丽的倩影又浮现在眼前：清秀的面容，水汪汪的大眼睛，一头略微弯曲的长发漫过双肩。临风玉立的她，如摇曳的百合，似山间的幽兰。她不仅有异国女子的惊人美貌，而且还有东方女性的含蓄。那美丽的天使还会来吗？

在焦渴的期盼中，几天后，瓦里再次来到农庄。这一次她没有像以前那样拘谨，她对中国大哥同样抱有好感：中国人聪明、仁义、吃苦耐劳的品德在当地早已有口皆碑。赵清彦这个善良、儒雅的中国小伙，给瓦里留下了深刻的印象。临别时，她告诉小伙子，她叫列里敏·尼柯娃·瓦里，父母已逝，她与弟妹一起生活。中国大哥告诉瓦里，他叫赵清彦，他带领中国伙伴们在这家农庄种蔬菜。

喜结良缘

瓦里的住处与赵清彦的宿舍相距不远，从此，两颗心就多了一分依恋和牵挂。瓦里和弟妹有什么困难，赵清彦主动帮助她们，为她们排忧解难。赵清彦有时忙了，瓦里主动帮他洗衣服、做饭、卖菜。节假日，他们携手外出郊游、唱歌、跳舞……

赵清彦告诉瓦里，他出生在中国四川省旺苍县枣林乡一个名叫赵家梁的小山村，读过5年私塾。1933年4月，18岁的他参加了中国工农红军，1936年加入中国共产党，曾任红四方面军第31

军 93 师通讯员、文书、粮秣干事，参加过举世闻名的二万五千里长征。北上抗日来到延安后，先后任八路军 129 师 386 旅 772 团骑兵连司务长，东进纵队骑兵大队管理员，独立团供给处处长，冀南军区第十六军分区供给处军械股股长兼军械厂厂长。1939 年 10 月，他受党的派遣到河北冀南抗日根据地开展对敌斗争。1943 年 2 月，在枣强县金子河的一次战斗中，由于寡不敌众，他和战友们被日寇重重包围，情急之下，化装成农民，但还是被日军抓住。日寇对他严刑拷打，残酷折磨，他始终不吭一声。不久，日寇将他押送到吉林省东宁县三岔口集中营做劳工，强迫他们修工事……在集中营，有丰富对敌斗争经验的他从未放弃过斗争，他秘密组织难友们越狱潜逃，打算绕道苏联经新疆回延安。1943 年 8 月，一个月黑风高的夜晚，他和 5 名战友剪断日军的铁丝网，越狱潜逃。不料，越狱后被日军发觉，日军猛烈追击，打死了同行的 2 名战友。他和战友们泅过乌苏里江，顺流而下，到了苏联国境。上岸后，未有片刻喘息之机，就被苏联边防军以"偷越国境罪"将他们拘捕。虽然他们再三申辩是中国抗日军人，但由于没有任何证件证明自己的身份和此行的目的，最终被判刑一年半，押到符拉迪沃斯托克（海参崴）服刑。刑满获释后，虽获得自由，但不许回国，再加上举目无亲，语言不通，他们只好四处流浪，过着乞讨般的生活。最后颠沛流离到了叶尼塞河上游的克拉斯诺亚尔斯克，这里蔬菜紧缺，他与伙伴们承包了一家农庄，种菜卖菜，总算有了立足之地。

赵清彦传奇的人生经历深深震撼了瓦里的心，出身革命家庭的瓦里对赵清彦产生了深深的爱意。1947年4月，两个相爱的人终于走进了婚姻殿堂。婚礼办得简朴而热烈，结婚那天，瓦里的亲友带来了手风琴，在欢快的乐曲中，俄罗斯亲友与赵清彦的中国伙伴们围着新郎新娘载歌载舞，唱起了《三套车》《喀秋莎》《红莓花儿开》《康定情歌》……欢乐撒向每个人的心田，爱情的蜜汁在两位新人的心里汩汩流淌。

随夫回国

婚后的生活幸福而温馨，赵清彦经营农庄，生意越做越大。他和伙伴们种的蔬菜深受苏联人的喜爱，蔬菜远销到叶尼塞河上游北冰洋地区的迪克森、杜金卡、图鲁汉斯克等地。卫国战争胜利后，瓦里辞去了兵工厂的工作，帮丈夫料理家务、卖菜。很快，赵清彦和瓦里就挣钱买了有花园的别墅，过上了富足的生活。1949年9月24日，大女儿列里敏·尼柯娃·柳达出生了；1952年，二女儿列里敏·尼柯娃·丹娘呱呱坠地。两个可爱的女儿为他们的生活带来了无限的欢乐。一天，小女儿丹娘哭着跑回来，问赵清彦："爸爸，小朋友们说我是中国孩子，我是吗？"看着小脸上挂满泪珠的女儿，赵清彦有力地点了点头。

中国，那是他魂牵梦萦的故土啊！自从离开了她，哪一天曾忘记过呢？从离开祖国后，赵清彦多次写信回家，但都是泥牛入海，杳无音信。1957 年，赵清彦又给家里去了封信，一个月后收到中国家乡的回信。看了信后，赵清彦把自己关在屋里放声痛哭。原来，年近古稀的父亲赵泽南在信上告诉他，自他走后，母亲忧思成疾，已离开了人世；弟弟赵青安在朝鲜战争中英勇牺牲。看到坚强的丈夫痛哭流涕，瓦里痛苦极了。如随丈夫到中国，自己就将远离故土，就将离开生死与共的弟妹和亲友，就将抛弃这里富足而幸福的生活；不随丈夫到中国，从此将人各天涯。经过痛苦地思索后，瓦里毅然决定离开祖国，随夫到中国。

1959 年 1 月，正是中国生活困难时期，亲友们劝他们等中国情况好些后再回去。赵清彦归心似箭，谢绝了亲友们的好意，他和瓦里办好了出国手续，卖了房子庄园，离别了亲友，带上女儿柳达和丹娘，坐国际列车离开了苏联，来到了北京。临别时，看着自己生活了 34 年的故土，看着自己拉扯大的弟妹，看着前来送行的亲友，瓦里热泪盈眶，与他们挥泪告别。在北京，苏联大使馆的工作人员告诉瓦里，中国生活很困难，四川是"重灾区"，生活很穷很苦，劝他们留在北京生活工作。赵清彦婉言谢绝了他们的好意，瓦里也没有丝毫犹豫，双双踏上了回四川旺苍老家的旅途。

1959 年春节前，赵清彦和瓦里带着两个女儿辗转来到旺苍县。看到儿子一家不远万里回到老家，七十多岁的赵泽南紧紧抱住儿子赵清彦，喜极而泣，泪流满面。瓦里在父亲面前深深鞠了一躬，亲热地叫了一声："爸爸！"同时，把女儿柳达和丹娘推到赵泽南面前，两个女儿甜甜亮亮地喊起了："杰杜什卡（俄语，意为爷爷)!"瓦里把她从苏联带回来的十几箱布匹分给众乡亲作见面礼。父亲赵泽南办了几桌宴席,以示庆贺。当时正在大办食堂,生活十分困难。为了照顾瓦里,生产队称出粮食,特许赵泽南一家单独开伙。

相濡以沫

在赵家梁访亲拜友,烧香祭祖,过完春节后,已是一月有余。1959年3月,赵清彦和瓦里告别年迈的父亲和众乡亲,来到旺苍县城。县上对瓦里进行特殊照顾,请他们到县城选房,瓦里选了两间有玻璃、有木地板的瓦房住下。赵清彦被安排到旺苍县城关五金商店工作。

物资短缺时期,国家对粮、油、布等生活物资实行凭票供应。为了照顾瓦里,县上对她实行特供,买牛奶、肉食不要票。瓦里清楚地记得,1960年,县上供应每个居民一尺八寸布票,除此之外,县上还补助了瓦里一家两丈多布票。1962年,县上将县城最早最好的一幢楼房分给老红军,瓦里和赵清彦分了4间房子。这套房子不仅有玻璃窗、水泥地板,而且顶高、干净,深得瓦里喜爱。　　瓦里喜欢看电影,赵清彦就经常陪她去看电影;瓦里喜欢看戏剧,只要有剧团到旺苍演出,赵清彦总是千方百计买来戏票,带她去看;瓦里喜欢吃面食,赵清彦买来菜谱,学会了包饺子、擀面条、做面包；瓦里喜欢喝牛奶，赵清彦几十年坚持为她订购鲜牛奶。冬天，旺苍住房没有暖气，瓦里很不习惯，赵清彦买来煤炭、火炉，尽量使屋里温暖舒适。瓦里不会汉语，赵清彦就耐心地教她学说汉语，陪她到市场上买菜。农闲时，父亲赵泽南经常背一些水果、酸菜、豆腐等家乡土特产，到旺苍县城来看儿子、儿媳、孙女。

涓涓爱流，温暖了瓦里的心，瓦里忘记了离开故土和亲人的忧伤。由于战争留下的创伤，赵清彦患有不同程度的心脏病、风湿性关节炎、气管炎，瓦里总是悉心照料赵清彦的生活起居，并学会了做米饭、炒川味麻辣菜。每当赵清彦腰酸背痛，瓦里总是温柔地为丈夫捶打按摩。丈夫想吃点什么，餐桌上就会出现丈夫爱吃的饭菜。

爱，没有惊天动地；爱，藏在一举一动、一颦一笑中。在旺苍，他们又喜添二子，分别取名为赵红斌、赵红忠，并为两个女儿取了中国名字赵红月、赵红先。1985 年，旺苍县建起了红军院，修了宿舍，县上给赵清彦和瓦里分了三室一厅的套房。夫妻琴瑟和谐，儿女们孝顺听话，瓦里心里充满了幸福快乐。

一世情缘

为了排解瓦里浓浓的乡愁，赵清彦为瓦里买来了一张世界地图和一把放大镜。瓦里想家时，他就陪瓦里拿出放大镜看看家乡克拉斯诺亚尔斯克，看看美丽的叶尼塞河，看看那片生她养她的故土。1989 年和 1992 年，赵清彦先后两次凑足了两万多元路费，办妥了到俄罗斯的手续，让瓦里回到阔别三十多年的故土克拉斯诺亚尔斯克。回到故土，已是物是人非，弟弟列里敏·尼柯娃·比德已去世，妹妹列里敏·尼柯娃·玛丽还健在。亲友们都有房子、花园、汽车，日子过得幸福而快乐。妹妹和亲人们留她在俄罗斯生活，瓦里告诉妹妹："中国好，你姐夫好，我舍不得离开他们。"

在赵清彦生命历程的最后几年里，瓦里总是熬更守夜，为他请医煎药，端茶递水，并遵照他死后与父母葬在一起的意愿，拖着年迈的身体，跋涉二十多里山路，两次到赵清彦的老家枣林乡赵家梁察选坟地。1995 年 9 月 27 日深夜，赵清彦心脏病突然发作，他泪如泉涌，紧紧抓住瓦里的手："瓦……里……我……先……走了……我死后，给我……穿……苏联……带……回来的……毛……料……西……服……"想到近五十年的风雨与共，想到赵清彦的体贴照顾，想到从此便作别天涯，瓦里泪流满面，痛不欲生。安葬好赵清彦后，在家里，赵清彦爽朗的笑声和亲切的呼唤常常回响在瓦里的耳边，待去找寻时，却又不见他的身影。

1998 年 7 月，为了排解瓦里的忧伤，儿女们陪她再次回到故乡探亲。亲人们陪瓦里游白桦林，到叶尼塞河边散步。妹妹泪眼相留："姐姐，姐夫已去世，我求求你，你就留下来别走了吧。"瓦里深情地说："妹妹，我热爱中国，我爱自己的丈夫和孩子，我要永远和他们在一起……"

　　现在，翻看过去的照片，久久端详赵清彦的遗像成了瓦里生活的重要内容。每逢赵清彦的祭日，瓦里总是带着儿女们跋涉二十多里山路到他的墓地祭奠亡灵，寄托无限哀思。

　　"在天愿作比翼鸟，在地愿为连理枝。"已至耄耋之年的瓦里已给儿女们立下了遗嘱："死后，把我葬在你们爸爸的身边，让我们生死不离，永相厮守。"

胡杨林这个摧不垮的群体，
时时都在用生命雕塑起拼搏的姿势，
时时都在用意志浇铸成一道
坚固的屏障。

通往天堂的胡杨林

◎ 傅　辕

　　天下之美，美在山水；山水之美，美在碧绿。然而，没有一处山林能比得上它的壮美与传奇。这里没有湖海浩渺的烟波，没有峰峦跌宕的绿色，它只是塔克拉玛干沙漠南部的一块名叫塔里木的垦区。垦区里有一条林带，站立着清一色的胡杨，它们像刚入伍的战士一样年轻挺拔、英姿飒爽。

　　这里每一棵树都有姓名，每一棵树都有一段故事，每一棵树都托举着灵魂通往天堂。

　　从塔里木垦区中心一直向前，满眼全是树，像我这样初来的人，开始只以为这是一片防风林。进入林中，才见每一棵树旁都有一个土堆，每一个土堆前都立着一块木牌，木牌做得十分简易，但上面有字。千里荒原之上，能见到一点绿色都是很奢侈的，更何况见到了字，便勾起认读之念。一一看去，竟疑惑不解了：木牌大的如碑，小的如牌位，上面写着人的姓名和生卒年月，这哪里还是什么防风林，完全是一处陵墓。

向导没有解说，径直引我们走到最前方。林带在这儿停下了它绿色的脚步，像是累了，憩息一阵，又像是在蓄积力量。矗立在我们面前的是一棵高大的胡杨，臂可环抱，它站在林带的最前端，高挺着脊梁，威风凛凛。我们不禁脱口赞道，它像个将军！向导却肃然道，他叫赵喜顺，一个老兵！向导口中的故事，将我们引入那个令人神往的岁月。

长眠于树下的赵喜顺，河北人，是359旅的一名战士。1950年随王震将军第一批进军塔里木，入疆时是一名班长，死的时候，还是一名班长。新疆局势平稳后，他们班的任务就是在这千里荒漠的最前沿植树造林。由于恶劣的气候影响，连续三年他们都没有完成任务，栽下的树成活率极低。几年后，由于伤病缠身，这位从不叫苦的汉子倒下了。临终前，他紧紧拉住连长的手不放，连长知道老赵还有事情要交代，就凑近他的耳畔听。赵喜顺说："连长，咱开出一块熟地不容易，我死了，就把我埋在这里，栽上一棵树，我就不信，咱五尺高的人还焐不熟一块地，养活不了一棵树！"

赵喜顺走了，栽下的那棵树果真活了，成了塔里木垦区的第一棵树，战士们都说是老班长把那块地焐熟了、沤肥了。从此，塔里木人就定下一条规矩：今后凡是有人走了，就挨在老班长身边睡，并且要栽上一棵树。

听完，我们默然无语，跟在向导身后，眼睛在林子上空找，老班长或许正站在天堂的树荫下，朝这里张望。

一处处土堆，一个个木碑，我们一次次俯身，观赏一幅幅凄美的画面。生命的美丽应当这样欣赏，生命之树正顶天立地地苦苦生长。

在一棵胡杨树下，我们见到一块奇特的木牌，上面写着：西L－02之墓。字迹清晰，但令人费解。性格温和的向导迎着我们急切的目光，娓娓讲述。

树下掩埋的是一匹军马，是抗战时期内蒙古境内的抗日组织送给359旅的，它的军龄要超过好多老兵。它善跑、耐力超群。1950年，国民党残部企图在叶尔羌河流域发动叛乱，危急关头，这匹老马驮着身受重伤的通讯员，硬是用两天两夜的时间踏过和田河谷，穿过塔克拉玛干沙漠进入我军驻地，将情报安全送达，才挫败了那个阴谋。退役后，它被分配到塔里木垦区，和战士们一起拉犁开地。它走到生命尽头时，正值饥荒岁月，但长期营养不良、食不果腹的战士们都不忍心拿它填肚，最后战士们像送别战友一样，将它安葬在林带前，还栽下了这棵树。

摩挲着木牌上那行蕴含着特殊意义的字迹，耳边陡然响起"上前敲瘦骨，犹自带铜声"的诗句。寥寥几字，幻作大大的特写，它包容着充沛的生命华章，给人启迪，令人遐想。此时，我们多么想眼前出现胡笳伴着牧歌、诗情伴着画意的草场，草场上花卉芬芳。

　　林带很长，我们一路迎来一座座土堆，又泪别一株株胡杨。终于，我们见到了一块青石墓碑，立在一片骆驼刺丛里，青石上镌刻着岁月斑驳的痕迹，不高，不张扬。碑上刻着一行长字：第一野战军二军一旅三支队四营二连战士李铁山之墓。这时，有人问向导，为什么只有他用的是石碑？向导笑笑说，他是个英雄连长，又是个爱情丰收的连长。

　　李铁山，河南人。1946年刘邓大军挺进大别山，李铁山成了一名解放军战士，是有名的猛汉。后在中原突围时，随王震将军进入陕西。瓦子街战役时，他们连奉命坚守一块关系到全局胜负的阵地，连续苦战三天三夜，战斗结束后，全连仅剩下他一人。1963年，英雄连长李铁山作为塔里木垦区的劳动模范，到上海市迎接第一批支边青年。当时条件异常艰苦，垦荒会战时，战士们都住在用苇秆树枝临时搭成的窝棚里。一个夏天的夜晚，一个上海女知青禁不住对他的爱慕之心，悄悄燃起蜡烛，给他写起了情书。情书写完后，姑娘也趴在桌子上睡着了。那截小小的蜡烛竟酿成一场大祸，将连成一片的窝棚烧了个精光。天亮后，李铁山将全连战士集合起来，对昨晚的意外大发雷霆。当他得知事情的真相后，这位"铁脸连长"不但没有追究责任，还接受了姑娘的爱情。当时，姑娘只提出一个要求：一朵鲜花。李铁山跑遍几十里地，只带回来一枝红柳。

　　爱情的信物简洁、朴实，但那一段"火烧连营结良缘"的佳话，在塔里木演绎成了一个经典的爱情故事。我们品咂原汁原味的剧情，踏着松软的沙地，景仰地放慢脚步，让眼球摄下这里的每一寸矮草，每一节枝叶。夕阳西下，我们来到林带的尽头，绿色也随着人的脚步而停息。黄澄澄的霞光映射来，胡杨林沐浴在斜阳里，静穆而瑰丽。

回望胡杨林，眼前掠过翻飞的四季，春风习习，甘霖普降，它悄然荡漾出一片绿浪；秋风飒飒，胡雁高翔，它顿时灿烂成一片金黄。因而，尽管沙砾飞扬旱魔逞强，胡杨林这个摧不垮的群体，时时都在用生命雕塑起拼搏的姿势，时时都在用意志浇铸成一道坚固的屏障。

我们悄悄地走开，身后是一片胡杨，一排老兵。

那些该抢救的，正在抓紧抢救；

另一些，则注定永沉江底；

还有一些，将静静守候在江边。

不知过往行人，

对那字迹背后的故事知道多少？

夔门石刻背后的故事

◎ 刀 口

秋天，我登临奉节白帝城箭楼眺望夔门。这是深秋里库区难得的艳阳天，阳光从高处细细密密地洒下，拂得人脸痒痒。峡谷有风，江面开阔，夔门矗立于千米之外，雄壮得令人心悸。

这是三峡蓄水 135 米后的秋天。抬眼望，蓝天空旷，远山星星点点的红叶正在燃烧。夔门，作为巴蜀人最后一道心理门槛，古往今来曾激励无数仁人志士去闯滩，今秋却那样安详、平静，唯有与它隔江相望的夔峡南岸，那块长达千米的大青石，仍在诉说着什么。

当地人把大青石叫白岩山。它依江耸立，上面布满自宋至近代的摩崖碑刻 12 块。碑文均为阴刻，有楷、隶、草、篆等字体，最早的《皇中兴圣德颂》，已有九百多年历史。我对它无动于衷，我久久注视的是另外三块，它们雕凿于六七十年前，一块是冯玉祥将军的"踏出夔巫，打走倭寇"；第二块是孙元良将军的"夔门天下雄，舰机轻轻过"；第三块是李端浩将军的"巍哉夔门"，字高 4 米，笔槽深得可躺进一个人。

这里我想先说说李端浩将军。事实上，知晓李将军之前，我先见到了他的炮。在无数次辗转游历三峡途中，我是为数不多的见过德国克虏伯大炮的人。那尊大炮坐落在巫峡神女峰对岸的青石洞航标站后山上。我是去采访长年坚守在上面的航标工时，无意间在草丛中发现的。以我有限的军事常识，知道这不是一门明清古炮，而是现代火炮。

难道大炮长了翅膀，从遥远的德国鲁尔工业区飞到了中国三峡？当然不是。事实是，当年指挥这些大炮的人，就是李端浩。那时，他麾下有 9 个炮兵营，操控着上百门火炮，镇守川江。李将军生于 1895 年，江苏人。这个中医世家的孩子无意医道，先后入保定军校和日本东京炮兵学校研读炮科。抗战初，他指挥炮兵在南京、武汉与日军对着干，退守奉节后任陆军 88 师参谋长，曾上书蒋介石："重庆东大门宜昌若沦陷，日军将溯江而上，长江防务务必加强。"蒋介石委任李端浩为江防副指挥官，拱卫重庆。李端浩率军事专家、炮兵官佐踏勘三峡两岸地势，布置火炮工事，在宜昌以西峡谷里设置了 36 个炮位。这些炮在 1943 年 5 月的石牌保卫战中发挥了巨大作用。当时，日军以十万之众进攻三峡门户石牌，旨在消灭中国守军后直扑重庆。我爱国官兵浴血奋战，大败日军。是役，我方死伤 1.5 万人，日军死伤则高达 25718 人！血战中，克虏伯大炮给了日军毁灭性打击，这场血战也被史家称为"中国的斯大林格勒保卫战"。

想来，李将军所言的"巍哉夔门"，果然坚如磐石啊！

相比之下，"夔门天下雄，舰机轻轻过"，似乎更诗意一些，它是时任陆军 88 师师长的孙元良将军所题。如果你没登临过白帝城，便很难体会其中意境。事实上，在孙将军驻守奉节的年代，夔门风急浪大，江吼如雷，机船的马达声只能是"轻轻"的。然而在烽火连天、虎狼压境之际，孙将军怎会有那样的心情呢？我不解。

孙元良是成都人，生于 1904 年。1924 年，他弃北大预科投奔黄埔，与胡宗南、杜聿明、徐向前、左权同届。对日作战中，孙元良指挥的著名战役有三：一是 1932 年"一·二八"事变时，时任 259 旅旅长的孙元良率部击败日军，守住庙行镇，被誉为"第一次正面击败日军战役"；二是 1937 年，"八一三"淞沪血战期间，他率 88 师坚守闸北 76 天，日军屡攻不克，伤亡惨重，恨称 88 师为"可恨之敌"；三是 1944 年底，日军攻占贵州独山，意欲急取两百多公里外的重庆，孙奉命与日军死战，将敌赶出贵州，并顺势收复独山、南丹等地，解重庆之危。

我在纪录片《一寸河山一寸血》中，看过对孙将军的访谈。孙将军果然是一位儒雅老者，雪白的头发整齐地往后梳着，说话轻言细语，像个国文教师。据悉，孙元良到台湾后退出军界，转而去日本做了几十年生意，其子秦汉是台湾著名演员。由于孙将军年事已高，目前对外事务都由秦汉打理。这样一位老将军，对 8 年烽火还有怎样的记忆？他还记得自己在夔门写下的诗句吗？还有多少"铁马冰河入梦来"？仍不解。（编者注：孙元良先生已于 2007 年 5 月 25 日去世，其家人表示将遵照孙先生的遗愿，在未来选择适当时机将其迁葬南京。）

直到我近距离接触到曾在他麾下的一位老兵后，才渐渐有所领悟。

老兵叫杨养正，原名杨德馀，生于 1914 年，湖北随州人。1937 年"八一三"事变爆发时，杨任 88 师 524 团 2 营 1 连 3 排少尉排长。在闸北血战两个多月后，88 师奉命撤退，孙师长将 524 团 2 营留下断后，由团长谢晋元指挥。"全营四百人，为迷惑敌人，对外号称八百人。"为阻敌，2 营占据苏州河边的四行仓库，与日军浴血奋战四天五夜，杀敌数百。那些天，苏州河两岸聚满上海市民，他们为勇士呐喊助威。一个叫杨惠敏的少女还冒死泅河，将国旗送到守军手中。"八百壮士"声名鹊起，远在延安的毛泽东闻之，亲书"八百壮士民族革命典型"予以褒奖，表达了中国共产党人对这一壮举的高度敬重和肯定。

杨养正是"八百壮士"中目前唯一的健在者，现居重庆南岸区弹子石老街。在我和他的近距离接触中，我看到他以军人本色感动着周围的人。他瘦，背已驼，寿眉灰白，精神矍铄；他的眼睛在守四行时被打残了，但心智清楚；他会吟诗，说到当年军旅，仅一句话就概括了："六十年来家国，三千里路奔波。"他说自己是在 1943 年从集中营逃出来后，才改名杨养正的，"我路经河南，看到一副对联：'养天地正气，法古今完人。'一股豪气顿生，觉得自己是在为正义而战，遂改名。"

杨老兵让我感动是在一次颁奖活动上。九十多岁的老人已经站不起来了，只能坐轮椅。主持人说："现在请杨老给我们讲几句话吧。"他接过话筒说："没啥好讲的，我就给你们唱个歌吧！"全场慢慢安静，间或有小青年咻咻地笑。是啊，一个九十多岁的老人，还能唱啥呢？有人上前说："杨老，我们给您拿话筒吧。"他忽然很生气，用力一推："不用！"就见他攥紧拳头，激昂地唱起《歌八百壮士》："中国不会亡！中国不会亡！你看那民族英雄谢团长……你看那八百壮士，孤军奋斗守战场！四方都是炮火，四方都是豺狼！宁愿死不退让，宁愿死不投降……"

全场响起热烈掌声，很多年轻人泪光闪闪。

再一次感动是去上海。自 1943 年逃离上海后，杨老兵再没回去过，有关方面促成了这次圆梦之旅。他到上海的第一站，就是去看望谢团长。当天上海最高气温达 38℃，滚滚热浪却挡不住老兵的蹒跚脚步。谢晋元墓位于上海长宁区陵园路 21 号宋庆龄名人墓园内。来这个地方，杨老兵盼了近 70 年，而当这一切变成现实时，他的第一反应是——像当年那样给团长行个军礼。

但他实在太老了，甚至站都站不稳，怎么行军礼呢？也不知杨老兵从哪里来的力气，在家人的搀扶下竟颤颤巍巍地站起来，双手伸直，五指并拢紧贴裤腿，右脚微微抬起，往下一蹬，摆出一个标准的立正姿势。这个动作让他险些摔倒。稍作停顿后，杨老兵已泪流满面，他任凭眼泪在脸上流淌，铿锵有力地说："报告团长，1连3排少尉排长杨德馀，向您报到，敬礼！"右手缓缓举起，久久不愿放下。

时间在这一刻仿佛停滞了，整个陵园突然安静下来，没人说话，只是默默地看着杨老兵。三鞠躬后，杨老兵的感情闸门终于打开了："我的谢团长啊，我……"话未说完，他号啕大哭："我恨自己的眼睛啊，看不见您，让我摸摸您的墓碑吧……"他艰难地移着碎步，摸索上前。墓碑上有谢晋元的像，还有"追赠陆军步兵少将谢公晋元之墓"的字样。杨老兵趴在碑上放声痛哭，就像一个远游的孩子回到了亲人的怀抱。他那双瘦骨嶙峋的大手在墓碑上来回抚摸着，指尖微微发抖："团长啊……我好久没来看您了。但您的教导我不敢忘啊，几十年了，我一直遵照您的命令做人做事，我不敢懈怠啊……"几经劝说，杨老兵才重新回到轮椅上，不停地用手绢擦着眼睛，说要走了，我还得给团长敬个礼。说罢，他再次执意站起身，颤颤巍巍地敬了个军礼。

现场很多人都流泪了，我也泪流满面。我实在没想到，一个老军人的内心情感，竟那么丰富、那么苍凉、那么热烈……

这一幕，九泉下的谢团长应该看到了，而杨老兵远在台湾的孙师长，能看到吗？

今春，三峡156米蓄水，使夔门航道又向上升高一截，清冽的江水正渐渐逼近那些摩崖石刻。那些该抢救的，正在抓紧抢救；另一些，则注定永沉江底；还有一些，将静静守候在江边。不知过往行人，对那字迹背后的故事知道多少？

　　这就是历史。

（2007 年）

回望那些无眠的日日夜夜，
每个人心里都有着难以言表的感动
——被危急和困难面前人与人之间的理解和关爱感动，
被全国齐心协力勇战灾情的场面震撼。

"暖"冬

◎ 稂晓燕　移高红

他们都是普通人，但这并不妨碍他们在危难时刻感动我们，成为我们眼中的"人物"。

180 个冰雪宝贝的"妈妈"

宝贝啊，你也许一辈子也想象不出你的到来给医生阿姨们带来了多大的麻烦！那些天，你降生的世界一片黑暗，这个世界却集中了所有的光和热来迎接你……

护士长张紫翠平生第一次如此深刻地体会到了什么叫"生不逢时"：五十年一遇的冰冻和雪灾，让整个郴州地区陷入了漫长的黑暗和寒冷中，许多地方没水没电，全市所有的产妇都涌向自己所在的郴州市第一人民医院，而妇产科只有 50 个床位，只能不停地加床，没地方加了，又到别的科室去腾地方，甚至把医生值班室也改成了病房……

一百多位临产妈妈，加上医院病号骤增，医护人员严重缺乏，血液储备不足，张紫翠和同事们除了加班加点，片刻的休息时间里，还要去献血。偏偏发电机因为超负荷运转，经常出现故障导致停电，这让本来就人手不够的妇产科病房更显紧张。医生护士们一面点着蜡烛看病历，打着手电筒查房，一面还要不厌其烦地安慰惊恐不安的产妇。空调一停，零下几度的病房里，常人都感觉像是置身冰窖，冷得直打战，这些临产妈妈和刚出生的婴儿可怎么受得了？张紫翠安排专人用废旧营养袋装上热水，给每一位产妇送上"热水袋"……

2008年1月30日凌晨3点，张紫翠接到发电房通知，发电机已彻底瘫痪，无法发电。她必须立即把加护婴儿房保暖箱里23个高危和危重的新生儿转移到中心医院，否则后果不堪设想！

张紫翠将停电的消息通知了已回家的医护人员。大家接到电话后，飞速地从还没暖热的被窝里钻了出来，迎着凛冽的寒风，踩着厚厚的积雪，连跌带滑地在20分钟内全部赶到了医院。这时，张紫翠已经麻利娴熟地把23个宝宝全部包裹好。

保暖箱的余热只能保持半个小时！于是，回到岗位上的白衣天使们顾不上喘口气，马上投入婴儿的转移工作中。平时娇弱的她们，你打电筒，我点蜡烛，有人拿呼吸机，有人拎氧气袋，几人一组分批次把几十台保暖箱从6楼抬下来搬上救护车，又从救护车上搬下来，送到中心医院的11楼。每台保暖箱足有50公斤重，而23个宝宝则需要她们小心地抱在怀里爬上11楼……23位宝宝终于被安全地转移到了中心医院。安排同事回家休息后，张紫翠留了下来，她最清楚这些刚出生的冰雪宝宝有多娇嫩。她给酣睡中的小家伙们量过体温，测过心率，又观察过每一个宝宝脸色是否红润后，才放心地离开……张紫翠走在回家的路上时，天已大亮。

刺眼的雪光中，她突然想起，自己已经七天七夜没有离开过病房，没有回过家了。

那一刻，我们手挽手送旅客回家

"广州站寒风凛冽，雨雪交加，回家过年的旅客不断从四面八方涌来。广场上、街道上人声鼎沸，马路上、天桥上水泄不通，情绪焦躁的旅客怨声四起，如此紧张的场面是我生平第一次见到。"民警韩生宏这样描述他所见到的情景，"不断涌来的旅客，使车站负荷达到极限，除了候车大厅前10米左右的缓冲区，其他区域没有一点空隙。"

旅客越来越多，形势越来越严峻。随着雨雪冰冻愈演愈烈，一场疏导滞留旅客的紧急行动，在广州火车站展开。

按照部署，支援广州火车站的兰州铁路公安局41名民警分布在车站入口、候车大厅、临时候车棚以及出站通道等处，他们手挽手、肩并肩，用身体开辟一条条"绿色通道"，组织旅客有序进站，疏导旅客排队候车，并不断承受着一波又一波的人潮冲击。在摩肩接踵的旅客人流中，打开一个通道至少需要 2 个小时的时间，不少同志都因为太过拥挤而被挤伤了手脚。

面对着人山人海的旅客，民警似乎忘记了一切，每个人都在高声呼喊："请大家相信我们，我们很快就会战胜眼下的困难，不久咱们将会一同返乡的！""这句话我说得最多，效果最好，经常会引起大家的关注，问我从哪儿来，当知道我从西北来这儿支援时，旅客的情绪就会稳定很多。"老民警张晓武说。

"26 号下午，人越来越多，黑压压的人群转眼之间就到了面前，喧哗与骚动的洪流立刻将我包围，不少人手持车票向我不停询问。我说了又说，讲了又讲……"民警张龙就在广场中心工作，回忆起当时的情景，张龙仍然心有余悸，"人山人海的广场上，我想去厕所都走不过去。直到 27 号早晨，聚集的旅客才被我们劝离，到那时我们已经整整忙了一天一夜，双手因为帮旅客提行李累得发痛发酸，嗓子也说不出话来。"

28 日，在雨中站立了两天的旅客情绪极度烦躁，很多旅客不断冲击进站的临时护栏。为了防止护栏被冲断造成大面积的混乱，民警迅速在护栏前组成人墙，并不断向人群喊话，通报灾情，要大家保持冷静，劝说旅客退票返回住地。随着雨势的加强，为了救助救治怀孕妇女和重病旅客，指挥部果断决定，由兰州、哈尔滨两地民警组成 100 人的突击队，在人群中冲出一条通道，把需要救助救治的旅客输送到候车大厅。

那些天，民警们经常在人群中一站就是二十多个小时，而休息时间也就两三个钟头。民警们都住在距车站不到 500 米的宾馆，但是由于广场上旅客实在太多，想回趟宾馆就要挤上一个多钟头。为了保存民警的体力，指挥部把车站软席候车室确定为民警的轮休场所。软席候车室地上、沙发上铺的全是绿军被，横七竖八地睡了几百个人。有时软席候车室睡满了，民警们就在地铁站拐角处睡一会儿，有的民警困得实在顶不住了，在地上一坐就睡着了。返回家乡的民警回忆那段时间时说，极度的困乏和疲劳让他们感到时间凝固了一般，一分一秒都显得漫长无比。

几天下来，民警腿脚肿了，衣服和鞋中蓄满了水，疾病也不时袭扰他们。民警们开玩笑说，那些天除了嗓子，别的身体器官好像都不存在了，到最后，嗓子也成了"破锣"。超负荷的工作量使民警们极度疲劳，但就是这样，也没有一个人退缩。

"1 月 28 日晚，广场进站通道处的一截护栏被旅客挤开，人流像洪水一样涌进，情况十分紧急。正在进站口值勤的我和 15 名同事，想都没想就冲了上去，硬是用肩膀将护栏死死顶住，阻拦住了人流。"说这句话时，李金强激动起来，"要不是反应快，一定会出事，一定会出事……"他连续说了好几个"会出事"，那一幕再次在他眼前闪现。当问起他们十几个人怎么就顶住了几千人的冲击时，他却不知道该怎样回答，只是说，必须要顶住，不然后果不堪设想。

在临时候车棚维持秩序的韩生宏，发现一名小姑娘在翻越栏杆时突然摔倒在地，而跟在女孩背后的几个人已经从栏杆那面跳了过来，眼看就要踩到那个摔倒的小姑娘身上。韩生宏一下子就冲了过去，嘴里喊着"不能跳"，便一步跨到小姑娘身前，跳过来的那名旅客，两脚重重地落在了韩生宏的脚上。小姑娘平安无事，韩生宏的脚却钻心地痛，可他还没喘口气，又有人喊"晕倒了"，他又一瘸一拐地冲上前去，和几名战友一起将晕倒的旅客送到医疗点救治。看到这场景，一名旅客动情地说："警察最可靠了，我们要理解支持他们的工作，耐心等待，我们一定能平安回家。"

2月5日上午，广州站突然平静下来，连续十余天的喧嚣和嘈杂，仿佛一夜之间消失了；曾经一个个人满为患的临时候车大棚，一下子空了，空得令人无法相信。这场因风雪而来的危机，终于随着风雪的离去而消散。随着京广线恢复正常运行，广州站终于战胜了这场震动全国的旅客滞留危机。

当接到返回命令时，民警们一个个露出了灿烂的笑容。他们穿着棉军衣、警用多功能服、一次性雨衣等五花八门的衣服，一排排站在车站和曾经战斗过的临时大棚前合影留念。

回望那些无眠的日日夜夜，每个人心里都有着难以言表的感动——被危急和困难面前人与人之间的理解和关爱感动，被全国齐心协力勇战灾情的场面震撼。一位民警在日记中这样写道："当一切成为往事，那些激荡人心的瞬间却还在心里流淌。如果那些惊心动魄的时刻有一天再次来临，那一刻，我们仍然会手挽手、肩并肩地去面对。"

十三义士

宋志永是河北省唐山市玉田县东八里铺村的村民。那些天，电视里一直都在报道南方的雪灾——无数的城市和村庄因此停水停电，加油站加不到油，银行取不到钱，电话打不通……宋志永想：这样的日子可怎么过？

宋志永打算向灾区捐几万元钱。可是，当他了解到灾区的电塔倒塌电网得不到及时抢修时，马上有了新的想法：灾区急需劳力，我何不动员村民去灾区一线支援？

说干就干。在宋志永的宣传下，村里有16个人响应。考虑到租好的车子坐不下，宋志永最后确定了13个人。大年三十下午，宋志永从存折上取出3万元，登上自费租来的小客车赶赴灾区。

大年初二，13人终于到达了湖南郴州。没有片刻的休整，当天中午他们就开始扫雪除冰和搬卸材料，直到晚上九点才歇下来。

13人抢险小分队就这样辗转于各个抢险现场。他们每天凌晨5点准时起床，忙到晚上0点才能休息。住惯了北方暖炕农舍的唐山人受不了南方的潮冷气候，感觉胃寒骨冷的他们每天晚上都要抱着一个灌满热水的塑料壶才能睡觉。有人的塑料套靴破了，鞋子进水后袜子能拧出半杯水，可他第二天用塑料袋往脚上一套，照样上"前线"……

从正月初二开始，13位不请自来的唐山人每天都在泥浆和雪水中摸爬滚打，帮助灾区重建了10座电塔，使这些地方很快恢复了供电。16天时间里，13个兄弟累得骨头都散了架。宋志永不忍心让大伙儿卖命又出钱，一人承担了这次救援行动花费的三万多元钱……

三万多元，对一个农民来说，是多大的数目？回唐山后，朴实的他没惦记这事，倒是对自己突然"出名"感到意外："当年唐山大地震，全国有多少人帮助了咱们也没留名啊。作为唐山人，长辈们从小就教育我们要记住这份恩情……这次，我们就是去报恩的。我们本来是悄悄去的，没想到现在闹得全国的人都知道了。这个样子，让我们十几号兄弟觉得怪不好意思的。"

2008年2月15日上午，湖南省郴州市有关领导看望慰问了宋志永和他的伙伴们，给他们送上了每人1000元的慰问金，但他们马上将这笔钱捐给了郴州的慈善部门。2月15日，唐山市慈善总会向仍然奋战在救灾第一线上的13位农民兄弟发出了慰问信，并赶往玉田县东八里铺村慰问13位农民的家人，送去慰问信、慰问品和每家500元慰问金。2月16日下午，留守的"十三义士"家属们将6500元慰问金寄给灾区。

动人心魄的柔情

◎ 邓　皓

有这样一个经典的关于警察的故事：一个犯罪嫌疑人，伙同他人犯了许多宗凶杀大案，每一桩血案的犯罪经过以及多名在逃疑犯的线索都掌握在他的手中，但任凭警察对他轮番提审，他就是守口如瓶，不吐出一丝线索。一时间，案件的侦破工作陷入僵局。

忽一日，刑警队长押解他回到他的老家，径直带他到了他母亲的坟前。刑警队长焚化了一些纸钱，然后跪在这位疑犯母亲的坟前说："大娘，俺带着你的儿子来看你了。"疑犯见到这一幕，顿时双膝跪地，痛哭失声。他虽然是一个杀人魔王，却是一个孝子。下山的路上，他就将自己知晓的情况悉数交代了。

这是我记忆中被警察的柔情打动的一幕。

2001 年，看中央电视台《东方时空》节目时，我又被一身铮铮铁骨的警察打动了，或者说，我亲眼见证了刚强警察柔情的一面。

　　那是一部名为《最后的告别》的纪实片，跟踪拍摄的是石家庄一个名叫王小刚的死囚的最后时刻。在行刑的前一天，狱警破例让他与他的父母见上最后一面。他年过花甲的父母一早就来到会见室，强忍悲痛、老泪纵横地等待着与儿子的相见。狱警在提押王小刚时，一路上与他友邻似的唠着嗑儿，叮嘱他心情保持平静，尽量使见面的气氛融洽一些，以减轻二老心灵的痛楚。临进接见室时，狱警将王小刚背铐的手铐卸下来改为正铐，使得王小刚看上去有尊严一些。我注意到一个细节，就在王小刚要跨进接见室时，监狱长叫住他，帮着整理了一下他翻卷的衣领，还看似不经意地把他搭在额角的头发给将了将，然后说："王小刚，你得记住，你的父母养育了你28年，还没等到你床前尽孝的那天，你就要走了。'白发人送黑发人'，怎么说都是一件让老人痛心的事，你这最后一面，得乖巧一点儿，说几句安慰老人的话！"王小刚噙着泪点了头。这次会见王小刚自始至终都很配合，他不仅表示认罪伏法，对死亡也表现出极度的坦然。儿子能超然而无怨地离开人世，这自然减轻了不少老人心头的悲痛，特别是临别时儿子对父母说的好些宽慰的、嘘寒问暖的话，更让老人感到了慰藉。

　　而让我甚为感动的是，节目结束时，主持人补叙道："这部拍摄于1999年岁末的纪实片，之所以在时隔一年半后才播出，是因为羁押王小刚的监狱的狱警跟我们说，节目还是缓一下再播出吧，让老人的丧子之痛得到缓解后再播出会好一些。我们理解了他们，并为他们的柔情所打动。"

有人说，警察这一职业铸就的都是铁石心肠，但你看到隐藏在警察内心的可贵的柔情了吗？

如果你有幸见到了，我敢说，那一定是世界上最动人心魄的柔情！

我走进西部山地，去感受那强烈的高原黄昏：

蓝得透亮的天空，缓缓西下的夕阳，静寂无声的草原，侧耳倾听，

那一代人激昂而沉重的喘息似仍在叩击耳膜。

家国处处入梦 /

那些散落在雪山草地的少年

◎ 张 卫

　　爱山，是我曾经的经历。

　　我的家乡因纬度低，无雪，于是我向往雪山。雪山下，有平坦的草地和溪流，还有一群曾被遗忘的少年，他们 70 年前叫"红小鬼"，后来的身份叫"失散红军"。据民政部门统计，这些散落在雪山草地的少年曾数以千计，今天已寥寥无几。人的生命毕竟有限！

　　在鲜花盛开、青草茂盛的季节，我穿过西部辽阔寂静的山地，与他们邂逅。时光的风霜，将当年的风华少年磨蚀成耄耋老人，如果没有特殊的经历，谁还记得他们？美国地理学者普林斯顿·詹姆斯认为："一个世代的意象，很少能为后一代所满足。人们总在不断地搜索新的、更完善的形象来作出符合时代信仰的解释。"

　　在物欲强烈的今天，还需要这样的解释吗？

我认为需要。毕竟，这是一个容易遗忘的年代，随着证人的逝去，将加速我们对昨天的淡忘。七十多年前，在西部山地走过的那一群热血青年，如今大多作古，但他们肯定留下了很多，包括由于种种原因没能跟上大部队的少年们，他们顽强地融入那片山地，在雪水的滋养下走过漫长人生。作为越来越稀缺的民族苦难史、责任与抗争史的参与者，他们的血肉之躯比汗牛充栋的文献更能感染你我——历史，居然就活在我们身边！

我邂逅的第一个"少年"，已经86岁，地点在小金县。小金县古称懋功，是长征的重要节点，"懋功会师"亦成为亲历者们心中珍藏的经典。

2005年的一天上午，川西高原阳光灿烂。小金县红军会师广场纪念碑前，一位老人一边凝视着雕像，一边抹眼泪，还不停地鞠躬、敬军礼，这引起了我的注意。上前打听，老人说他叫王顺生，康定人，16岁参加红军，曾任红四方面军某师35团传令兵，目睹了两大主力盛大的会师场面。

"到处人山人海呀，可今天，能到这里来的只有我一个了！"老人长叹一声，突然泪流满面，"民国二十四年，我老家康定还叫打箭炉。我们村跑出来几十个年轻人闹红（军），现在只剩我一个了！"沉默许久，又一声长叹："1995年，天宝主席（原中央委员，曾任四川省政协主席，是从阿坝马尔康参加红军的藏族同胞，'天宝'是毛泽东在延安时给他取的名字）来康定慰问老红军时，我们一共坐了两桌，大家好激动，慰问活动搞了3天。10年过去了，如今，那两桌人也只剩我一个了！"

说罢，王顺生再次热泪长流："我今天来这里，是想会会老战友啊，可惜，一个都见不到喽！"老人的儿子王达胜告诉我，他父亲过草地时被打散了，在外流浪多年，不敢回家，20世纪80年代才落实"失散红军"的身份，"这次是专程陪他到小金县来看看"。王达胜不讳言这可能是父亲最后的心愿："四川老话叫收脚印，再过几年，川西的老红军可能一个都没得喽！"

王顺生说，由于他是传令兵，会师期间进出过中央各大机关，见过毛泽东、周恩来、朱德、张闻天等。"他们都好年轻哟，人长得高大，精神十足……"说罢，老人眯缝起眼睛，心绪似飞回逝去的燃情岁月。突然，他睁开眼问我："你想听听会师歌吗？"嗓音居然很亮。歌的过门很长，旋律铿锵有力：

万里长征经历八省险阻与山河

铁的意志　血的牺牲

换得伟大的会合

为奠定中国革命巩固的基础

高举红旗向前进……

老人说，这歌是时任红军总政治部宣传部部长陆定一写的。我惊叹他的记忆力，他回答说："怎么忘得了呢？它都刻进我骨头里了！"又是几年过去了，王顺生，您老还健在吗？

曾经，我花了很大工夫去研读这段历史，但纸上读来终觉浅，于是我走进西部山地，去感受那强烈的高原黄昏：蓝得透亮的天空，缓缓西下的夕阳，静寂无声的草原，侧耳倾听，那一代人激昂而沉重的喘息似仍在叩击耳膜。我想弄明白：当年，为什么有那么多青少年加入这支队伍？

川西红军史学者杨继宗告诉我，长征时红军征兵是放宽了年龄的："不能以今天'是否满 18 周岁'来衡量能不能入伍。因为沿途战事激烈，兵员损耗很大，譬如中央红军从瑞金出发时有 8.6 万人，进入川西只剩 2 万人，这还包括在云贵山地扩红后的数千汉苗彝胞。而许多少年因为接受了扩红宣传，为改变命运或只想吃口饱饭，于是跟着这支队伍走……"

这些十多岁的少年来自山地、消失在山地或幸运地走出山地，曾演绎过多少惊天地泣鬼神的故事！但由于种种原因，他们中很多人并未能走出雪山草地，成为"失散红军"。国家民政部对此有明确规定："失散红军"指 1937 年 7 月 6 日以前参加中国工农红军（包括西路军、抗日联军等），没有投敌叛变行为，回到地方后，继续保持革命传统的人员及因伤、因病、因战斗失利或组织动员分散隐蔽离队的红军失散人员，经当地群众公认，乡镇人民政府审查，县市人民政府批准的人员，国家将对他们提供生活、医疗和住房等保障。

那么，为什么川西的"失散红军"特别多呢？"最主要是松潘草地太难走，特别是四方面军曾三过草地，导致非战斗失散人员剧增，"杨继宗分析说，"如今他们差不多都过世了，活着的寥若晨星！"

我在阿坝红原草地深处的瓦切乡，拜访了在草原上生活了70年的侯德明。

这是一个已经完全藏化的湖南籍老人。当我走进瓦切牧民新村侯家宽敞的大瓦房时，老人正在转经筒，70年岁月的沧桑写满他沟壑纵横的脸。他已不大会说汉话，给我当翻译的是他的大儿媳、在县广播电视台工作的阿尔基。

阿尔基说，侯德明是过草地时掉队后在瓦切定居的，当年16岁，现在他只记得"贺龙""湖南""大庸"等几个汉语词汇。当地藏胞给他取了一个藏名叫"罗尔伍"，意思是"宝贝"。在瓦切，侯德明的人品被一个叫奇美拉姆的藏族女孩看上了，后来成为他的妻子，有了4个孩子。侯德明或许并不知晓更多的革命道理，却有做人的原则：20世纪六七十年代，他是村里的仓库保管员，从各家抄来的珠宝、首饰、毛皮、金银器物等都堆在仓库里。后来，人们清点抄家物品时惊讶地发现，所有财物一件未少！侯德明没拿乡亲们的宝贝，他却成了人们心中真正的宝贝。1984年，当落实红军流失人员优抚政策时，所有藏胞都出面作证：他是真正的红军！

在草原生活多年，侯德明十分想念家乡大庸和亲人。有一年夏天，一个叫靳延谣的画家到瓦切写生，得知这事后，非常感动。靳当过兵，出于对一个老兵的敬重，他设法将侯德明的故事发布到媒体上。说来也巧，侯的家人竟在当地报纸上看到一条消息：一个远在川西的藏名叫罗尔伍、汉名侯德明的失散老红军想寻找他在湖南大庸（现张家界市）的亲人。这激起侯家兄弟到阿坝寻亲的念头。寻亲团经三天三夜长途跋涉抵达红原，经仔细了解和辨认，证实眼前这位八十多岁的老人就是侯家苦苦寻找 70 年的大哥！寻亲团和侯德明抱头痛哭，70 年的思念化成奔涌的泪水……

此后，侯德明回到了他梦绕魂牵的家乡，当地人民用夹道欢迎的隆重仪式迎接失散 70 年的儿子，很多人哭了，侯德明也哭了。"但看得出，那是幸福的泪水。"阿尔基告诉我，"这不，他从湖南回来后，将父母亲的照片也请来了。"

果然，在侯德明卧室的墙上，悬挂着两位汉族老人的画像。他闭着眼睛，在画像下默默转动经筒，脸上几乎没有表情。那是一种淡然、超脱还是恬静？我无法窥探他内心深处对故乡、父母、红军还有怎样的感情。这情景，让我突然想起唐师曾在北非阿拉曼盟军战士墓看到的一块碑，那是一位母亲给儿子立的，碑文是：

　　对世界，他仅是一名士兵

　　对母亲，他是整个世界

在中国，有多少母亲养育的优秀儿女，早已经融入雪山草地？

在甘肃迭部县，我错过一次拜访"红军少女"的机会。那是 6 月的一个黄昏，我走进两峰对峙的腊子口乡，年轻的藏族副乡长曾莉（藏名叫索南拉木）告诉我，她奶奶也是老红军，姓刘，四川阆中人，15 岁参军，跟着大部队走到今天的甘南地区时，被狗咬了，治好伤后就定居在此。"你想见见她吗？"曾莉问，"她就住在几十公里外的洛大镇。"我因想早点翻越岷山的最后一座山峰铁尺梁，不想再走回头路，便婉拒了，这让我至今后悔不迭！

从腊子口到铁尺梁还有 55 公里，山道险峻崎岖，峭峰欲合，一路上有许多像腊子口一样的隘口。当我终于登上海拔 3185 米的铁尺梁峰顶后，远眺群山绵延，云雾下森林逶迤无边，最远处是岷山著名的光盖山，起伏的石峰绵延百里，峰顶积雪闪闪发亮，清代诗人陈仲秀曾有诗云："迭山南望白无边，雪积遥峰远接天。"而毛泽东则大气磅礴地吟唱："更喜岷山千里雪，三军过后尽开颜。"

翻过铁尺梁，下山的地貌开始有了明显的变化，一路几乎无树，但草好，多山羊。我在铁尺梁山脚下遇到一个放羊老汉，叫李中清。老汉裹着羊皮背心，身体健壮。他身边草地青绿，悠闲散落着几十只安静的羊，远处是绵延的麦田。"当年红军就是从这里去的哈达铺，"李老汉告诉我，"当时我也在放羊，把鞭子一甩就跟他们走了，一直走到哈达铺。那年我 14 岁，跟着他们在哈达铺吃了几餐饱饭，要不是我三伯硬把我拖回来，我肯定跟他们到陕北去了。"又说，自己只是跟着大军走了一遭，并没真正入伍，不能瞎编参加过红军："我这辈子只是当农民的命哩，得认！"

"要是当初你跟着大部队去了陕北，早就当上将军了！"我感慨道。

老汉大笑，然后坦然说："可能是吧，也可能早就不在了。这世上，哪来后悔药呢？"

我心中一动，眼睛有些湿潮。前面，微风吹拂，麦浪滚滚。

搜搜 QQ 里的网名吧。

你的战友、你带过的兵，

他们要是上网，也许也叫"贺兰雪"。

家国处处入梦 /

兵

◎ 林特特

一

叔叔是 1972 年的兵。

当年，他从合肥出发，揣着五块钱，坐了三天三夜的火车到银川。此后三十多年，没有离开过部队，直到退休。

叔叔在部队，一开始当汽车兵，部队就在贺兰山脚下，叔叔在信中屡次提起不尽的贺兰山雪，干涸的戈壁滩，密林中劲风飒飒、松涛阵阵——不过那时候，他所能体会的只是"艰苦"二字。

过了些年，叔叔提干、结婚；又过了些年，婶婶随军，堂妹在贺兰山下度过了她的童年。

叔叔军校毕业后，被调到汉中，后来又去了咸阳、西安，他之后经历的城市无一不比银川好，他后来的职务也比最初贺兰山下的汽车兵高得多，所以银川那段日子成为他们一家人忆苦思甜必谈的内容。可叔叔说起银川，除了说条件不好，却不见他在回忆中咂摸出苦味，他总是满脸兴奋，提起和战友们无论练兵、喝酒还是打篮球都不要命般地争第一时，总显得豪情万丈。

叔叔退休后，回到老家合肥。他买房、装修，和亲人、战友频繁聚会，在老同学的公司里兼职，日子过得多姿多彩。

他甚至学会了上网，用 QQ 和亲友聊天。

我加他时，发现他的网名是"贺兰雪"，我问他为什么，他说："我的老部队在银川，我在贺兰山下当了 17 年兵。"

二

孙主任是 1966 年的兵。

他曾是我的领导，说话铿锵有力，带我就像带兵。每天，他都有许多任务让我完成；吃完午饭，我想趴在桌上睡一会儿，他就痛心疾首，认为我在浪费时间。

可很快我就发现了能让他放松也让我轻松的方式，那就是跟他谈部队。

我总是拿叔叔的某段经历或某句话引起话头，这时，孙主任就会接过话茬，说起他的"当年"。当年，孙主任在甘肃，是"意气风发的孙连长"。当孙主任进入"孙连长"的角色畅想、叙述时，就无所谓我在做什么了，说到兴起处，他会拍着巴掌大笑，而我只需每隔几分钟回复他一个"嗯"字即可。

孙主任常说起他带过的两个兵，一个河南兵，一个山东兵。接河南兵的时候，孙连长拍胸脯向他保证在部队一定能吃饱，谁知第一顿，河南兵一口气吃了三十几个包子，还不解馋，去炊事班喝了一勺油才作罢——

午饭时间，孙主任爱说这个段子。

山东兵平时没少挨孙连长修理，却在孙连长转业离开部队时，哭得肝肠寸断，拉着他的行李，死活不让他走。

孙主任显然很得意他辉煌的过去，有一回我忍不住问他，既然这么喜欢部队，为什么要离开？他瞪着眼睛："谁说喜欢了，当了那么多年兵，早烦了！"我才不相信他烦，他转业已经二十多年，要是真烦，又怎么会在提到部队时，还像昨天才离开一样呢？

于是我在电脑的收藏夹里给他存上了各种各样的军事网站，我向他汇报军事要闻，而后给他演示如何在网上看这些要闻。他识得个中奥妙，便在午休时间占领办公室里唯一的电脑，我趴在桌上午睡时，总是精神紧张——提防他情绪一激动就要拍桌子或是哈哈大笑。

三

素素的爸爸是1963年的兵。

一次吃饭，我把孙主任的笑话说给素素听。

笑到弯腰，素素却收起笑容："其实我特理解这种情结，我爸爸就是转业军人，他在湖北当了 18 年兵。当年高考，我的分数能上北大，但我爸非让我上武汉大学，他有湖北情结，那是他当过兵的地方。他在部队是宣传干事，所以又给我填了'新闻系'。"

素素又说，她爸转业后也经常和战友聚会。

有一年，聚会回来，他进了家门，面有得意之色。他说，那天，他走进酒店包厢，突然有人喊口令，所有在场的人都齐刷刷站起来，立正，向他敬礼："首长好！您是 1963 年的兵，我们是 1976 年的兵，我们向老兵敬礼！"

"那是我最感动的一瞬。"

我也被素素感染，想象着一群不再是兵的老兵们向更有资历的老兵致以敬意。

素素却叹了口气："那年，我和我爸一起坐火车，他和差不多年纪的陌生人聊，聊着聊着发现对方也当过兵，问清楚人家是哪一年的兵后，我爸得意地拍着他的肩膀，笑，新兵蛋子嘛！"

"我爸这一辈子都觉得自己还是个兵。"素素说。

四

听了素素的话，我不由得想起了我们家的老兵。

我登录 QQ，发现叔叔开通了空间。他的空间里只有一篇文章，还是转的堂妹的博文。

堂妹写道："12月12日，是老爸当兵36年的纪念日。前几天老爸已经把关系转到合肥干休所，我问老爸会不会伤心，老爸说，谁还能在部队待一辈子嘛。但我知道，老爸这辈子最得意的身份是军人，他虽然离开了部队，但每次看到电视里有军队的镜头都会坐直了身子，还坚持每天洗冷水浴……"

叔叔在线时，我找他聊天。看着他的网名，我问他，为什么走了那么多地方，只想着在银川的部队？

叔叔说，其实在他的军旅生涯中，条件最艰苦的是银川。每年的11月到第二年的5月见不到一点绿色，部队的伙食永远是土豆、萝卜、白菜；交通不发达，第一次探亲时，他离家已经5年。所以那时，他成天想着什么时候能回老家，起码能离开银川，可现在终于回到老家，日子安逸了，好几回做梦，他却梦到了贺兰山，梦到还在当汽车兵，梦到后来当指导员带的那些兵。

"可惜那些人再也见不到了，"叔叔唏嘘，"1995年和2002年我都回去过，但铁打的营盘流水的兵，认识的人没几个了……"

"我叫'贺兰雪'，是为了纪念那段日子，也纪念失去联系的战友。"叔叔解释。

我知道叔叔退休以来，做得最多的事就是和当年一起从合肥去银川参军的战友聚会，他说的那些失去联系的大概都不是老乡。

我灵机一动："叔叔，搜搜QQ里的网名吧。你的战友、你带过的兵，他们要是上网，也许也叫'贺兰雪'。"

这一天，停战协议签订了。

傍晚，我走出坑道，看到太阳正在落下，云像血一样红。

看着那片云，我突然哭了。

那都是我的战友在天上的血呀！

一个士兵的成长

◎ 刀 口

60 年前，他在这条公路上参军了。

那是 1949 年冬，他 16 岁，还是个放牛娃。

那天，村头走过一队人马，一个当官模样的人对他说："小鬼，能不能把我们带到郁山镇去?""我看他们带了枪，不敢不答应。"原来，这是一支国民党溃军，刚在湘西吃了败仗，退入川东，准备撤往重庆。当时他并不知道，人民解放军的西南战役已经打响，国民党守军土崩瓦解。

去郁山的路不好走，雨水将公路泡得稀烂，有些地方烂泥巴淹到膝盖，国民党军队又是骡马又是炮，个个滚得像泥人，"还好，到郁山镇后，他们把我放了。"

往回走，迎面又过来一支队伍，他赶紧往树林里躲，对方叫开了："小鬼，别怕，我们是解放军!"他不懂。对方说解放军就是八路军，他仍不懂。一个高高壮壮背手枪的军官说："八路军就是早年的红军，明白了吗？"

这下他听懂了。军官问："看你滚一身烂泥，干啥去了？"他说刚带了一支队伍去郁山镇。军官又问："家里还有什么人吗？"他一愣，想哭：自己半岁时母亲死了，4岁时父亲也死了，他成了孤儿。"那你还回去干啥？不如跟我们一起打到重庆去，愿意吗？"他反问："有饭吃吗？"军官大笑："有，管饱！"

于是他大声说："要得！"

就这样，他在公路上参军了，没有入伍登记，没有体检，甚至没发枪。这一天是1949年11月15日，"我一辈子都记得，那是孟指导员告诉我的。"

孟指导员就是那个军官，叫孟志清，东北人。他参加的这支部队，是第四野战军47军141师423团第9连，全连几乎都是东北人，且有不少是朝鲜族。

遇到的第一仗是打白马山。战斗打响，孟指导员就把他交给团后勤股的徐股长。前面枪炮声响成一片，徐股长说："小鬼，我叫你跑你就跑，叫你卧倒就卧倒，明白吗？"又说："老兵怕机枪，新兵怕大炮。你不要听到炮响就乱跑，懂吗？"

他只晓得点头，其实哪儿懂！

白马山打了三天，他跟着徐股长往上冲，离一线部队近则四五十米，远则一两百米，炮声之响，枪声之密，吓得他浑身颤抖，可看看徐股长镇定地指挥后勤股打扫战场，他有些不好意思。所谓打扫战场，就是收整枪支背包，押解俘虏，牵骡马等。骡马太多了，都是为国民党军队运送枪炮的，枪一响，几百匹满山乱跑，哪里牵得完！更多的是尸体，"头一次见到那么多血，那么多死人，脑壳整天都是昏沉沉的。"

随部队打到重庆后，423团又在朝天门码头坐轮船到涪陵休整。在涪陵，他正式领到崭新的军装，发了枪，那是一支日本三八大盖，装上刺刀，"比我人还高"！当时部队思想教育抓得很紧，孟指导员给新战士们讲为什么当兵，为什么打仗，"我脑壳才一下亮堂了，当兵不光是有饭吃，还要为穷人守天下哩！"

他参加的第47军是一支劲旅，前身是彭德怀领导平江起义时组建的红五军，肖克、王震都曾任过指挥官，抗战时改编为国民革命军第八路军120师359旅，以开垦南泥湾闻名于世；抗战胜利后挺进东北，编入林彪指挥的第10纵队，后按中央军委统一命令，改编为解放军第47军，辖139、140、141三个师，是一支战功卓著的队伍。

"在涪陵没休整多久，我们就前往湘西剿匪。孟指导员传达了上级命令，说湘西虽然解放了，但敌人又到处搞破坏，我们要去收拾他们！"

部队从涪陵坐船到湖北洋溪，然后行军8天到达大庸（现张家界），再从大庸到桑植。

桑植是贺龙元帅的家乡，众多土匪利用险要地形割据一方，风高放火，月黑杀人，为害乡民，"但一遇到我们，他们哪儿是对手！刚开始仗虽打了不少，但消灭的土匪不多，因为他们就混在老乡中间。后来部队广泛发动群众，把土匪孤立起来，仗就好打了。"

在湘西茅坝，他所在的 9 连把一股土匪包围了。进攻时，他求战心切，冲在最前面。土匪的枪响了，他赶紧卧倒，与土匪对打。三八大盖是单发，他稀里哗啦打完一排子弹，因嫌枪身太长，就起身换弹夹，结果挨了一枪，"打在我腰杆上，血把棉衣浸透了。我倒下时，脑壳还清醒，听见赵副连长在喊我的绰号：小朱儿负伤了，机枪掩护！后来就啥也不知道了。"那一仗，9 连消灭了 200 多个土匪，赵副连长还把他背下战场。

许多年后他才知道，第 47 军在湘西剿匪立下大功，后来名噪一时的电视剧《湘西剿匪记》和《乌龙山剿匪记》，就是根据 47 军的剿匪事迹改编的，全军共歼匪近 10 万人，肃清了在当地存在数百年的匪患。

当他从桑植县团卫生队养好伤归队时，发现连队战友少了四五十个，心中不禁一紧，以为他们牺牲了。赵副连长说，没牺牲，你还不知道吧，朝鲜那边打起来了，咱们连的朝鲜族战士响应号召，全部参战了，孟指导员也去了。

1951 年 2 月，他也跟着部队去了朝鲜，"从长沙乘三天三夜的火车到丹东，整训一周后，在一个叫九道沟的地方蹚水过鸭绿江，经新义州、平壤到达仁川。"一路都是昼伏夜行，因为美军飞机太厉害，哪怕夜行军，也得每隔三五十米设一个防空哨，只要防空枪一响，大伙儿就得赶紧隐蔽。"说实话，在湘西剿匪，用的是轻武器；到了朝鲜，才真正见识了什么叫现代战争，打的就是钢铁啊！飞机、大炮、坦克、燃烧弹、凝固汽油弹、高爆炸弹，什么都遇上了！"伤亡很大，在湘西时，连里牺牲几个战士，是桩大事儿；可在朝鲜，牺牲的人真是太多了，"就说我们9连吧，从湘西出来的老兵几乎换完了。我有一个很要好的战友叫王大明，头一天还是二班班长，第二天就提升为副连长，第三天便战死了。我们虽然流了太多鲜血，但敌人也遭到毁灭性打击！"

第47军入朝后，先后在金城、临津、开城、西海岸等地与美军王牌骑兵第1师、陆军第3师和英联邦师等厮杀，歼敌22000余人，涌现出郝志新、净成恩、马一钧、李太林、陈启瑶等战斗英雄，舍身救儿童的罗盛教也出自该军。"我认识罗盛教，他在141师侦察连当文书，矮个子，脸圆圆的。"他回忆说，"我曾在团部当通讯员，和他打过几次交道，没想到他能有那样的壮举！"

电影《英雄儿女》的编剧，就是第47军政治部秘书科科长毛烽。影片中王成的形象，以47军许多英雄为原型：418团战士滕桂桥拉响爆破筒与20多个美国兵同归于尽，422团连长杨宝山抱起大石头与敌人同归于尽，421团机炮连长王德山握着手榴弹冲入敌群……"《英雄儿女》我看了不下30遍，每看一次都流泪。"说到这里，他问我，你还记得电影中有这样一个镜头吗？就是王成所在的排在参加最后的反击时，战士小刘为了让部队通过障碍，毫不犹豫地趴在铁丝网上。"这可不是虚构的，他就是我的战友腾明国。"

腾明国牺牲在攻打老秃山的战斗中。

老秃山原名上浦防东山，因敌我反复争夺，山上草木皆无，故名。攻打老秃山前，"我坚决要求从团部回连队，因为战斗减员太大，我作为老兵回到 9 连后就当上了爆破队长，带领 10 多个新兵实施炸开通道的任务。"

进攻开始后，9 连很顺利，"我带领爆破队主要是炸铁丝网，炸开通道后很快冲了上去。敌人个子大，咱不和他肉搏，就用冲锋枪、手榴弹干，全歼西北山脊的敌哥伦比亚营第 3 连……"

但腾明国率领的 3 连 11 班就没那么顺利了。他们连续爆破六道铁丝网，炸第七道时，炸药包和爆破筒用完了，而这道铁丝网是呈圆筒状铺设的，手榴弹根本炸不开！这时冲锋号响了，为保证大部队通过，腾明国跃身趴在铁丝网上高喊："从我身上冲！"随后，爆破队其他 4 人也扑向铁丝网。大部队踩着他们的身体冲上山顶，腾明国的 11 班全体壮烈牺牲！

"要成为一个真正的士兵，那得血里滚九圈，火里滚九圈啊！"老兵感慨道。1953 年 7 月 27 日，喧嚣的战场突然沉寂，"这一天，停战协议签订了。傍晚，我走出坑道，看到太阳正在落下，云像血一样红。看着那片云，我突然哭了。那都是我的战友在天上的血呀！"

1954 年 9 月，他随 47 军回国。列车过朝鲜新义州时，有人喊："同志们，前面就是祖国了！"那一刻，车厢里欢呼起来。祖国，一个多么让人激动的字眼！祖国，你的儿子回来了，我们没给你丢脸！

全车人泪流满面。

几十年过去了，老兵已从黔江区武装部退休，按他的条件，完全可以在城里安居，可他却偏偏选择了到川湘公路边的老屋定居。在那公路边上，他还在等什么？等又一支大军的出现，还是等那永远在召唤他的士兵情怀？

老兵朱元斌，76 岁，现居重庆市黔江区川湘公路边的月亮潭。

照片上的那一个个认真对着镜头的黄皮肤黑眼睛的人，

我无法分辨他们是在台北还是在北京！

这一点儿也不奇怪，

因为他们实在与我们乃至我们的父兄

在某个时段的形象太相似了，连神情也像！

家国处处入梦 /

林旺不仅是一只象

◎ 萨 苏

　　林旺，是一只亚洲象。

　　接触到林旺，可以说是从一个非常古怪的角度，那就是——战争。

　　亚洲象以温驯著称，怎么会和战争联系起来了呢？虽然古代的时候有人动过用大象打仗的念头，但在亚洲这种做法历来是杀人三千自损一万。这是因为驯服的亚洲象性情相当温和，遇到战争往往不愿冲向敌人，但一遭打击就会本能地向主人靠拢——结果是踩死了大量自己人，弄得不可收拾。

　　于是用大象打仗这种事儿，终于没有流行起来。

　　我注意到林旺，是在研究中国远征军在缅甸作战的历史时。当时，我意外地发现双方在战斗中都使用了大象。中国远征军败退印度时有一个小军官曾在当地人的帮助下组织了一个游击队，用大象掀日军铁轨。但大多数时候，双方都仅仅使用大象运输物资，因为它们的性格并不适于在前线作战。

这其中，日军使用大象向前线运送给养的情况较多。

日军大象的来源主要是当地的木材公司——缅甸的木材公司一直使用大象搬运贵重的热带硬木。林旺就是在这种情况下被日军征用的，所以，它最初也不能算是一只野生大象，从阶级属性来说，应该算是"印缅木材公司"的一名林业工人。

根据台湾的记载，大象林旺是在缅甸作战中和12只伙伴一起被中国远征军俘虏的，但是记录得语焉不详。其实，林旺的经历，是可以查到具体情节的。它应该是原服务于日军第18师团，在胡康河谷作战中，为中国远征军新一军所俘虏。林旺当俘虏可不是丢人的事情，确切地说，是远征军救了老象一命！

当时的日军第18师团，在胡康河谷节节设防，阻击东归心切的中国远征军，但日军无论兵器还是后勤都无法与美械化的中国新一军、新六军对抗，被打得不断败退。18师团的后方基地孟拱到前线仅仅依托一条简易公路进行补给，由于日军机械化程度不高，公路又不断被中美空军炸断，能够在林中小径行进的大象就成了重要的运输工具。

在日军中，林旺们的日子可不好过。按照日军18师团辎重兵部队的报告，由于道路崎岖艰险，使用大象运输，负重能力并没有想象中那样大，一只象只能背负250公斤到300公斤的物资，时速 5 公里。与中国军队在拉加苏、李家寨等地对抗时，运输兵要翻越险峻的万塔格山，大象是人背肩扛以外唯一的运输工具，一次到前线往返要两天的时间。由于战局对日军日益严峻，日军往往强行让大象背负 500 公斤以上的物资，结果许多大象很快出现"鞍伤"而不能使用，到中国军队进孟关的时候，在前线的大象已经从将近 100 只减少到了十几只。

但是，那么大的象怎么会落到中国军队手里呢？难道日本人不能骑着或者赶着大象逃跑吗？

根据现有材料分析，林旺的被俘，很可能发生在著名的西通切路战之后。西通切路战是孟拱战役的一部分。1944 年 5 月，日军第 18 师团为了保护孟拱基地，在其以西的加迈、卡盟等地据险死守。中国军队突出奇兵，112 团团长陈鸣人率部人手一口砍刀，在渺无人烟的林莽中穿行六天六夜，成功钻入敌军后方，突然抢占加迈与孟拱的枢纽西通，切断日军补给线，一举将 18 师团主力纳入中国远征军的大包围圈之中。

这一战，包围圈内外的日军发疯一样猛攻西通，却在陈鸣人手下伏尸累累，不得寸进。被围日军粮弹皆无，在中国军队的四面攻击下完全被打散，中国军队乘势拿下孟拱。

这一仗打断了这个"丛林战之王"师团的脊梁骨，仅仅被打散后饿死的日军伤病员，就有两千多名。日军师团部是依靠工兵在树丛中用斧头和砍刀勉强打开一条"伐开路"才逃脱的，师团长田中新一几乎是赤手空拳逃了出来。这条"伐开路"窄处仅有一人宽，大象根本无法通过。面对进军神速的中国远征军，日军只得丢弃林旺等大象逃走。

假如林旺这次没有被俘，其命运十分堪忧，因为日军的后勤运输是有自己的特色的。

在前线，他们通常使用水牛和山羊（据说甚至还有猴子）运送物资，目的是在物资缺乏的时候，运输者本身也可以被作为食物吃掉。在英帕尔战役中，同样是用大象运输物资的日军粮食不够时，确有杀死大象食肉的举动。

事实上，我是在查找这批大象的情况时，才突然发现林旺的存在的——这只长寿的大公象结束了军旅生涯后，一直生活在台北的木栅动物园，直到2003年才与世长辞，寿86，创了亚洲象的生存纪录。而当我打开台湾的网页，查看林旺的资料时，骤然发现，在台湾很多人不叫它林旺，而是亲切地叫它——林旺爷爷。

要是仅仅从战争角度写大象林旺，那可就大错特错了。尽管大象林旺的军旅生涯还是延续了相当长时间的，不过是当了"机关兵"，已经和打仗无关了。加入中国军队的林旺，待遇明显改善。这是因为，当时和日军在缅甸作战的中国驻印远征军，已经全部美械化，新一军和新六军的主要运输工具是美制十轮大卡车和各种吉普车。工兵部队也十分积极，公路和输油管修得紧跟着一线步兵的屁股。如此，大象几乎没有用武之地，原来的"民工"成了军中的明星和宠物。老远征军战士回忆，俘获的这批大象很是温驯，也颇让没见过世面的农家子弟们大开眼界，他们提到的有趣事情很多。

俘获林旺它们的时候，也俘虏了多名缅甸的象奴，他们本来是为日军管理大象的，现在为远征军工作了。大象行进的时候，象奴坐在大象头顶上，手持一根形如钥匙的奇怪手杖。指挥大象前进的方法，就是用手杖去敲大象的耳朵，敲右耳朵向右转，敲左耳朵向左转，听话得很。

但是大象也有不听话的时候，那就是让大象坐下的时候，很多大象故意东张西望，对象奴的命令视而不见，拖延磨蹭不肯执行。

后来，远征军的士兵们慢慢看出了道理——大象身体非常沉重，坐下后起立是件很艰难的事情，它们不愿意坐下，倒不是没有客观原因的。

大象能听懂人话，可惜当时只能听懂缅甸语，对中文、英语和日语完全没反应。从后来林旺的情况看，它是慢慢学会了中文的。

懂母语之外的两国语言，林旺可算是个知识分子呢！

大象不怕老鼠，经常把老鼠踩死。大象进入树林，象奴不让远征军们去窥视，说是大象有时在林中交媾，这种动物十分害羞，若发现有人窥视就会冲出来把你踩死。

大象们在缅甸并不需要人工喂养，到了晚上，象奴给大象戴上一种特殊的脚镣，这样大象一步只能走 40 厘米，是没法跑远的。

然后，大象就会被放入山林，自己寻觅食物，清早自会回营，是不需要多少照管的。

就是这最后一条，差点儿又要了老象的性命。新一军军长孙立人很喜欢这几只大象，决定带它们回国。回国路上，离开了野生植物繁茂的缅北滇西，人们才意识到大象需要吃多少东西。新一军的后勤部门为此吃尽了苦头，大象们也不得不临时学会一些简单的表演技巧，沿途杂耍给自己赚点儿伙食补贴。尽管如此，还是有多只大象因为照顾不周死在路上。好在林旺体格强健，生命力强，很活泼地到了广州。值得一提的是，新一军的几只大象在广州继续登台表演，还曾经用所得赈济过当地的灾民。

后来孙立人到台湾担任新兵训练司令，就带了三只大象渡海去台，算是给台湾人民的礼物。这里面就有林旺，可惜另外两只大象寿命都不长，也就不如林旺这样出名了。

在大象林旺死前几天，台湾动物摄影家林俪芳拍下了令她一生难忘的照片。林俪芳说，那时她正在拍摄猴子，工作人员知道体力衰弱的林旺已经快不行了，特地找她去拍摄。林俪芳回忆，当时林旺泡在水池里（注：林旺本来不爱游水，但是衰老而聪明的它却懂得利用水的浮力缓解自己的体力不支），不管工作人员怎么呼唤、拿食物引诱，林旺都不肯出来。

就在日落黄昏的光线下，林俪芳拍到林旺用象鼻把水喷向自己的眼睛，表情细腻，似乎在享受着生命最后一刻的乐趣。后来还伸长鼻子朝向工作人员，就像是知道生命走到尽头，依依不舍地跟老朋友告别。看过这样的文章，我做梦也没想到，居然有那样多的人写过林旺，回忆过林旺，想念过林旺。

写林旺的大多是成年人，每一个人都从孩子走过。从孩子走过的台湾人，很多人记忆里都有一个老林旺。有很多人，已经离开了那个岛很多年，在林旺辞世的时候，还写它，怀念它。

那种感觉让我很熟悉，又很亲切，因为在我记忆深处，也有一只一样的大象。

小的时候，我的母亲在外地工作，每年只能回来一次，回来总要听我说说家里有了什么新鲜事——这些事情多半鸡毛蒜皮，无非是前院的蚂蚁搬了家，邻居的小义让马蜂蜇了头一类孩子眼里的惊天大案。反正，不论我说什么，母亲总是听得那么开心。

有了自己的女儿，才恍然明白，母亲一年一度的开心，竟是用其他所有时间里对我的思念作为底子的。然而，有一次我却把这种鸡毛蒜皮一举发挥到了国际水平——那一次，我一见到母亲，就宣布新闻一样地大叫："米杜拉长毛啦！"母亲愣了："米杜拉？米杜拉是谁？"

米杜拉是北京动物园的一只亚洲象，前几天父亲刚刚带我去看过它。米杜拉是一个叫做班达拉奈克夫人（看，因为米杜拉，我连这样复杂的名字也记得一清二楚）的老太太送给北京动物园的，当时还很小——当然肯定比我个子大。平时对巨型动物有点儿恐惧的我对米杜拉感觉要好得多，近距离观察一番以后，冷不丁发现一个问题——书中的大象皮肤都是胶皮一样的，而米杜拉竟然长着毛！

把这个惊人的发现告诉父亲，父亲当时大概正想着别的问题，心不在焉地回答道："噢，小的时候没有毛，大了就长出毛来了。"

事后证明问父亲这个问题明显问错了人，他的答案完全错误——亚洲象只有幼小的时候身上才有毛，长大了就不会有毛了，否则那就不是亚洲象了，那是猛犸象！父亲是北大数学系毕业的，他在生物学上的知识，并不比街道老太太高明多少。

然而我还是很兴奋，还喂了草给米杜拉吃，印象之深刻让我在母亲回家的第一时间就向她报告这个"惊人"的消息。那一年我4岁。

以后又看过很多次米杜拉，每次到动物园都去看它，记得它脾气很好，还会吹口琴。

直到有一次，米杜拉突然消失了，从此不再出现。那种失落，至今难忘。

当我翻看台湾的朋友给林旺的留言，那种久违的感情一下子充溢了我的心房：

那一年，爸爸带我和姐姐专程从左营到我心目中的狄斯奈乐园（即迪斯尼乐园，台湾译法，编者注）——台北圆山动物园，留下与大象林旺合影的照片。现在我总会想起当年那个5岁的娃儿，雀跃地穿梭在眷村里奔走相告，逢人就叽叽喳喳说个不停：我和大象照相耶！它的鼻子好长好长……

翻开尘封已久的旧相册，找出记忆中的影像，三十多年过去了，照片中的小孩，现在已经是有两名子女的中年父亲，时光荏苒，岁月不再，世事变化，如今再去动物园，看不到林旺爷爷，只能在记忆中探索、回味。

　　林旺和马兰（注：林旺的太太）相继离开了我们，让我难过了好一段时间，总觉得很失落。回忆起小时候，我们常常全家一起去动物园玩，最后一定要看到林旺爷爷和马兰，才心满意足地回家。虽然和它们打过无数次的招呼，但是这张爸爸在圆山为我拍的照片，却是唯一与它们的合照，如今此景已不再，更觉珍贵……如今我已二十多岁了，照片中点点滴滴的故事还是深刻烙印在心头，我会一直记得林旺爷爷每年生日吃甘蔗蛋糕的可爱模样，也不会忘记它们长长的鼻子总是昂扬着和我打招呼。深深感谢林旺曾经的辛苦付出，更陪伴无数小朋友度过他们快乐无忧的童年。我默默地祈祷，愿它们在"快乐天堂"里继续恩爱地生活在一起，没有人间的藩篱和扰攘。

　　为了庆祝我一周岁的生日，妈妈带我去圆山动物园玩。来到林旺的家，妈妈要我站在那和林旺照相。可是当小小的我看到那么大的象时，我只有一个念头：逃命哪！如今我已不怕大象了，但却再也无法和林旺共度欢乐时光……

　　读到这些字句，仿佛胸中一种什么东西被轻轻打破。

　　我想林旺或者米杜拉于我们的意义，就好像老宅子胡同门口那个修鞋的老师傅，当你满身疲惫地提着皮箱从异乡归来，一走到巷子口就看到阳光下20年前的老师傅依然在拿着鞋掌一板一眼地钉。

　　那，就是和林旺爷爷一样的感情了。

　　林旺不仅是一只象。

　　散发着时光味道的老照片，更让我有一种恍惚的感觉——照片上的那一个个认真对着镜头的黄皮肤黑眼睛的人，我无法分辨他们是在台北还是在北京！这一点儿也不奇怪，因为他们实在与我们乃至我们的父兄在某个时段的形象太相似了，连神情也像！

写林旺的前半生，我的感觉带有扬眉吐气；写到不需要我动笔的林旺的后半生，心中却只有一份淡淡的欢喜和忧伤，平静如同一湖秋水，原来感动就是这样简单。

写到文章的结尾，却是一个好消息，才知道我一直有些怀念和担心的米杜拉，离开北京后是去了天津动物园，它当时并没有在这个世界消失，只是搬了一次家。

虽然我们都终将从这个世界消失，但我们总是期望着，我们的所爱，走得慢一点，再慢一点。

浮云之上

◎ 谢胜瑜

她在云深处，哪怕是到离家最近的小镇，也要走上三个多小时。

7 年前，她初中毕业。村里唯一的女老师因为结婚远嫁离开了村里的学校，公派老师没有来，她便自告奋勇地成了这里的老师。

她一个人教四个年级的所有课程。三间破旧的石头房子，由于年代久远，石缝间的水泥多处掉落，教室的窗户没有玻璃，屋顶的瓦片破碎了很多，常常是外面下大雨，里面下小雨。上课用的黑板，也是用 3 块木板拼成的。学生没有成套的课桌，她用几个高点儿的方凳当桌子，配上矮点儿的竹椅做凳子。风雨来临的时候，她担心教室会倒塌，就领着孩子们钻山洞，到野外上课。遇上下雪天，学校就移到了她自己家里，而她的床铺，就成了孩子们的课桌。

刚教满一年，乡里就通知她，上面要派一个公办教师过来，让她暑假过后就不用再去了。但暑假过后，公派教师却没有来，这样，她才又回到了学生身边。又一年过去了，乡里又通知她说马上要派一名公办教师过来，可最后还是没有来。她又回到了学校。

当乡里第三次通知她离开学校时，连她打工回乡的儿时伙伴都气不过，向她讲起了外面的繁华世界，说："我介绍你去我们厂，会好过这里一百倍。"她却依然是甜甜一笑，说："等到开学吧，说不准公家又派不来老师。"果然，到了秋季开学，公派教师还是没来，乡里又让她继续教学。

那一年的教师节，上课时间过了一个小时了，她的学生还没来，她便去学生的家里找。半路上，她的学生们每个人手里捧着一大束野菊花，上面还滚动着亮晶晶的露珠，齐声说："今天是教师节，我们去采了最大最好看的花送给您，祝老师节日快乐！"孩子们为了采摘野菊花，裤子都湿透了，鞋子上沾满了泥巴。于是，她的泪珠像野菊花上的露珠一样，温热地滚落……

那一天，她向她的学生保证：只要还有一名学生，她就不会离开学校。

因为她所在的教学点条件差，学生五年级以后就要到 20 公里外的镇上或邻县的学校上学，不少人家干脆举家迁往外地。她的学生越来越少，到今年春天开学，只剩下了 2 名女学生。

好心人要给她介绍对象，问她有什么条件，她羞赧地一笑，答："他要心眼好，再就是能同意我留在山里教书。"去年年底，她在学校里举行了村里有史以来"最盛大"的婚礼。虽然没有轿车，没有洁白的婚纱，但附近的人家都来贺喜，贺礼堆了一屋子。一位 90 岁的老人说："活到今天，我头一次见到这么多人参加的婚礼。"

今年，以她的名字作片名的纪录片《梅香》获东京录影节优秀奖。影片中，有一个镜头：青嫩草色中，她带着她仅有的 2 名学生在树荫下放声朗读。全场观众用各种语言齐声惊叹："好漂亮啊，真的是美若天仙。"

浮云之上，她素颜恬淡，心思澄澈。

可日子就过去了。

饭还是那些饭，电视还是那些电视，

人却老了。

我爹

◎ 徐苏美

40 年前，我爹在新疆当骑兵。那时他骑一匹枣红色军马，挎一杆枪，在昆仑山茫茫的雪原里行走。帕米尔高原的积雪没过马膝，走不了几百米，枣红马就像从油锅里捞出来似的：一身汗水闪着光，腾腾冒白汽。雪原之大，一望无垠，天上没有飞鸟，雪面上也没有走兽的足迹。我爹和一匹马就这么走着，居然没有把一颗心走荒芜。

我在家里旧相册中看到过我爹：他穿了军大衣，脚蹬翻毛大头鞋，破烂的棉衣翻了瓤，头上顶着雷锋帽，跨在军马上像一个土匪。但一张脸轮廓清楚，两只眼睛里全是光。那时他正年轻，挥舞着鞭子，把马抽打得朝天嘶鸣，不管不顾地在雪原里奔跑，跑着跑着，人和马突然就都老了，双双跌落在雪地里。

40 年后，他住院照 X 光，查出一根肋骨断了，把我们吓了一跳。他自己想了很久，说20岁时在帕米尔高原骑马打雪狼，一个闪失跌下马，拽住缰绳又翻身上马继续追。人和马哪追得上狼，但这一场追逐却人欢马叫，兴奋异常，隐隐觉得肋条子痒，回哨所喝几瓶酒倒头睡，也就过去了。一根肋骨等于一瓶酒加睡一觉，年轻时的算术就这么简单。

关于帕米尔高原，我爹说得很少。他并不需要多说，因为我长到十四五岁，还在每个暑假坐着军车远上昆仑山，在兵站吃羊肉揪面片。那时候我不听他说话，他也不和我说话。我和我爹的关系就是直线关系：他把搪瓷饭碗从屋里砸到屋外墙上，是直线；把我姐一脚踹出家门，是直线；18岁时向我呼啸而来的十多记耳光，记记都是直线。这些直线就是我和我爹最短的距离。我们一直没有什么可说的，也没有什么必须要说。我们坐在一起，吃饭、看电视，就这样。

可日子就过去了。饭还是那些饭，电视还是那些电视，人却老了。

我第一次见我爹哭，是他从手术室下来。

麻药过去，他渐渐醒来，突然眼角就滑下泪来。他不能翻身、不能动，脖子底下背着麻醉泵，不能用枕头，泪水就朝耳廓落下去。他无声地落着泪，什么也没说。我只是愕然，像是撞见了不该撞见的秘密，哑口无言。那时候他还不满49岁，查出了癌症，功名利禄戛然而止，所有为人的尊严和体面都让位给死亡。他的肚子给人剖开，他的器官给人割掉，喝口水也要请人帮忙；刚起步的公司转手他人，电话一个月不响一声，像是在惩罚一个罪人。

而每个来看望他的人，脑子里都在想："幸亏不是我。"他和死亡缓慢地分享每一分钟，彼此都有无穷的时间和耐心。我在想，从他落下泪那一刻起，永无天日的寂寞就上路了。

我爹曾说想找人大哭一场。我想他一定没有找到这样一个人。不是我妈，也不是我。说到底，他只能赤手空拳。我们的陪伴像是隔着玻璃的拥抱，无论多么情真意切，到底无用。而他要和这个人哭些什么，这是一个秘密，我猜想也许有关人的一生，可这是一个禁忌的秘密。

我爹曾经非常年轻，两条腿就追得上雪兔，一杆枪把半身靶心打得稀烂；大雪封山，几个兄弟把方圆50里所有的酒瓶子都喝空了，最后拿着大头鞋跟哈萨克牧民换马奶酒继续喝，把日月喝出几个交替。30年前，我家书架上就站齐了整套《鲁迅全集》；20年前，家里一水儿的松下电器；15年前，大学新生报到，我坐的是他的尼桑。

无论如何，我都必须承认他牛过。可是，这又如何？他还是要去躺在手术台上，被人切得乱七八糟；他还是要摊开身体，让无数的绿色、黄色液体流进去，把骨髓榨出来，逼他求饶，逼他认输，最后再把他碾成齑粉，吹得烟消云散。

我和我爹，从来没有什么非说不可的话。

我一直想和他说点什么，会突然生出蜿蜒的不舍，害怕遗忘，怕那些人和事终将消失在时间深处。我想跟他说说帕米尔的雪原，说说那十几记耳光，说说老家的墓地和他压在枕头下的《幽明录》，但事到临头，只有沉默才是教养。回到家，他在厨房做饭，突然间他就说起怎么挑鱼腥线，怎么用蛋清裹牛肉，泡菜太酸怎么办。我在一边剥蒜，尝一口砂锅里的汤问他咸淡，突然他就对我说："一个人，也要好好做饭，好好吃饭。"

老兵不死，只是凋零

◎ 格桑亚西

看完了《一寸山河一寸血》，42 集，中国抗战的全景式回顾。

看完了《中国远征军》，不算长的 8 集，讲述艰苦卓绝的中缅印战区。

关闭视听，阖目静思。

悲壮的音容萦绕不去。

一位年轻的中国军人已经死去，他很高很瘦，军装褴褛，腰间扎一根草绳，就那样斜倚在田埂上，打着赤脚，死去了。那是冬天，他原本有草鞋，只是，潮湿寒冷的季节，戎马倥偬，草鞋早已跑烂了。

我们没能给他提供一套稍稍像样的装备，他就这样战死沙场。

他的眼睛没有闭拢。

我们的国家太穷了，积贫积弱，内乱不休。

我们的国防力量远不是那个觊觎我们已久的敌人的对手。他们曾以我们为师友，然而现在，他们以太阳之子自诩。明治维新以降，他们已经大踏步地完成了工业革命，国民万众一心，军队士气张狂，誓死效忠他们的天皇。

看看这组数字吧！

1937 年，日本武器生产能力已达年产飞机 1580 架、大口径火炮 744 门、坦克 330 辆、汽车 9500 余辆、造船 40 余万吨、造舰 5 万吨的超强水准。

1937 年的中国，尚不能制造飞机、大口径火炮、坦克、汽车，仅可生产少量小型舰艇、步兵轻武器和小炮，其主要部件和原材料基本依赖进口。

战争全面爆发时，中国能够参战的飞机只有 223 架，而日本陆军航空兵团共有作战飞机 960 架，海军陆基和舰载作战飞机 640 架。中国作战舰艇仅 60 余艘，仅为日本海军的 1/20，且多为超龄军舰。中国最大的巡洋舰"海圻号"还是 1896 年从英国购买的。当时日本的海军实力已跃居世界第三，仅次于美国和英国。

由于中日两国实力悬殊，20 世纪 30 年代的中国是一个不被日本侵略者放在眼里的国家。当日本天皇问及灭亡中国所需的时间时，陆相杉山元淡淡地回答："一两个月就足够了。"

并非危言耸听。

大到战列舰、零式机，小到九二式、歪把子，早就把矮小粗壮的田中、松井、山口们武装到牙齿。他们受过良好的全民义务教育，营养充足，战斗意志坚决，战术动作娴熟。

据说，在战争前期，每每刺刀见红的时候，一个健壮日本兵的劈刺能力几乎可以对付我们一个班；在大纵深运动作战中，他们一个大队就敢包围攻击我们一个师，而且每每得手。

和他们相比，中国刚刚勉强统一，我们的国民体质孱弱，文盲众多。

地道战、地雷战、平原游击队，那是英雄主义加浪漫主义的电影，游击队员不一定个个像英俊勇敢剑眉下一双大眼睛的李向阳，狡猾的敌人也绝对不是电影中一窝蜂送死的歪瓜裂枣。大刀向鬼子们的头上砍去很豪迈，但日军绝不是伸长脖子等待我们砍瓜切菜的笨蛋。

我们真的是在用血肉筑起长城啊！从被动到主动，由消极而积极，以空间换时间，积小胜为大胜。从节节抵抗且战且退到转战国外挥师缅北；从孤立少援内外交困到山鸣谷应回声四起；从1941年12月8日美英对日宣战前和日本的4年多独自鏖战到成为世界反法西斯阵营的重要组成部分，我们浴血奋战，最终赢得了独立、自由、尊严。

我们付出了高昂的代价和惨重的牺牲。

抗战期间，中国军人伤亡超过340万人，毁机2468架，海军舰艇几乎损失殆尽。

抗战期间，中国正规军师级以上将领（包括追授）阵亡两百多人。在他们中间，佟麟阁、张自忠、李家钰、左权都是我们熟悉的名字。

1929 年至 1933 年，从中央军校毕业了大约 25000 名军官，他们当中竟有超过 10000 人牺牲在 1937 年 7 月至 11 月。

1942 年 2 月，中国远征军第一次入缅作战，出动兵力 103000 人，最后兵败野人山，阵亡官兵 56480 人。

1944 年，中国远征军在滇西发起反攻，阵亡 67403 人。

淞沪一战，我军先后投入兵力多达 70 万人，伤亡人数竟高达 30 万（日军伤亡 6 万余人），往往是上午才投入一个齐装满员的生力师，下午就折损大半。用战区司令冯玉祥的话说，战场仿佛是一个永远填不满的大熔炉，一个师几个小时就焦头烂额，烧熔殆尽。可见当年实力之悬殊，战况之惨烈。

抗战期间，我们历经 22 次淞沪抗战级别的会战，1117 次衡阳保卫战级别的中型战役，38931 次卢沟桥事变规模的战斗。

至于死于战乱的中国老百姓，则永远无法精确统计数据。有人估算，伤亡应该超过 3000 万。

保家卫国的抗战老兵，为国流血的抗战英雄，有众所周知的，也有默默无闻的……

一位老人略带屈辱地在纸上按下红手印，从女会计手中接过 100 元钱。

这是 2006 年，云南保山一位叫杨健民的商人牵头发起一项善举，选择散落在保山、腾冲的远征军老兵中最困难的 100 人，给予每月 100 元的资助。

于是，电视中有了这样的文字和画面，实录如下：熊世超，原籍四川，第 6 军 39 师司号员，1942 年入缅作战。妻病亡，一儿两女均下岗，本人"文革"中下放农场，后在街道工厂打工。工厂倒闭后，靠每月 200 元低保生活。老人一生念念不忘战死缅西北的老连长，他说连长是东北人，他们甚至来不及掩埋他的遗体。

李明顺，88 岁，原籍湖南，1935 年从军，参加过武汉会战。1944 年参加过松山战役，退役后务农，长年卧病在床。

崔继荣，94 岁，原籍河南，1938 年从军，参加过松山战役，现无固定收入。

施炳安，80 岁，原籍四川，1941 年入伍，参加了收复腾冲的战役。现在靠两个儿子每年供给 200 斤大米生活，无任何收入。

一位老兵在看过电视上有关自己的报道以后激动不已，当晚就去世了。临终遗言："谢谢摄制组，一辈子窝囊，今天电视出我一下，死也瞑目！这是国家给我平反了，我是高兴死的啊！"

我注意到主持人窦文涛说到这里哽咽了。

杨健民在接受采访时说，他最大的心愿是希望有那么一天，这些老兵能够挺直了腰杆，像世界各国的老兵一样，自豪地出现在国家的庆典和纪念仪式上。

他说，老兵是越来越少了。

60 多年前，正是千千万万的他们，以其勇气、坚持、热血和牺牲，使中国没有变成扩大的满洲国，也使千千万万的我们免于沦为亡国奴。

与之对应，在仰光，英军修建了规模宏大的二战阵亡将士公墓，庄严的碑文详尽记录了牺牲和失踪在缅甸战区的 27000 多名官兵的名字。

我们曾经的劲敌日本，他们投入缅甸的 30 万兵力中有 18 万人没能活着回去，他们的遗族因此在曼德勒、密支那等昔日的战场修建了为数众多的慰灵塔、镇魂碑。他们甚至没有忘记 800 多匹死于战场的军马！

好在，历史不容易被篡改和抹杀，即使我们选择遗忘，我们曾经的敌人也清清楚楚地牢记着。

逝者如斯，浪花淘尽，转眼已是中国抗战胜利 65 周年了。大半个世纪过去，干戈化为玉帛，敌人和朋友的角色在风云变幻的国际舞台上不停转换，只有永恒的利益，没有永恒的敌友。

名字会模糊，血色会淡化，但英雄的业绩应该永垂不朽。

我注意到俄罗斯在不久前纪念卫国战争胜利 65 周年的红场阅兵中，没有忘记请出那些挂满勋章的老兵。他们坐在荣耀的位置上，接受孙子辈年轻士兵"乌拉"的致敬和民众的欢呼。他们饱经风霜的脸上，明明白白地写着两个字：自豪！

文章的最后，我要引用二战名将麦克阿瑟将军在西点军校的演说作为向所有中国抗战老兵的致敬——

老兵不死，只是凋零！

爱情公约

◎ 向　楠

那是 20 世纪 30 年代，中华大地上刚发生了"九一八"事变，国土凋零，山河破碎。

他们在同一天走进了国立上海医学院，成为同班同学。在他眼中，她是来自无锡乡下的土包子，模样倒也秀丽，但远没有上海小姐的洋气。

而在她眼中，他也不过是上海滩的"小开"，用现在的话说就是"富二代"，头发油亮、衣服笔挺，张口闭口都是英文，除了聪明活泼、能言善辩外，也未有什么让她动心之处。

的确，他的家庭是很有一些来历的。其父毕业于南京金陵大学。不过，信奉基督教的父亲没有像家族其他成员那样去传播福音，而是当了商人，开办钢笔和眼镜行。那时，风气初开，上海滩作为洋码头，对于舶来品相当追捧。钢笔、眼镜这些代表着文明时尚的新玩意儿在有钱人中迅速流行，父亲的生意也就越做越大，相继在全国开办了十几家分店。

而她，也不是毫无背景的乡姑。她的家族是无锡的名门世族。其父少时即有"无锡神童"之美誉，其母是江阴的名门望族之后。到她记事时，父亲抽大烟败光了家产，在上海讨了外室，从此不再归家。倔强自尊的母亲独自将兄弟姐妹六人抚养长大。

她喜欢文艺，琴棋书画样样皆通，就读于苏州省立女子师范学院文艺专科。

他喜欢体育，遗憾的是他个子稍矮，自知在体育上没有前途，于是听从父亲的意愿，投考了圣约翰大学医学预科。

如果没有意外，他毕业后，会成为上海滩大医院的医生。而她毕业后，会当一名教师，教天真可爱的孩子们唱歌跳舞，度过平静安详的岁月。

但战争爆发了。

圣约翰大学的英国校长不允许学生们举行爱国集会，师生们闹起了学潮，学校在一片群情激愤的罢课声中停办，他只好转入国立上海医学院。

而她作为学生会主席，带领义愤填膺的同学们去南京请愿，要求政府抗日，却被政府军持枪遣返回乡。她从此不再安于文艺青年的生活，要学南丁格尔去前线救护伤兵。于是，她用了姐姐的名字去报考医学院，竟然被录取了。

他们就这样相识了。那一年，他 17 岁，她 18 岁。

关外已是战火硝烟，上海滩仍然灯红酒绿。课业之外，他每天弹琴跳舞，听流行音乐，而她却埋头于图书馆和解剖室。

他们都没有工夫恋爱，也相互看不对眼。他叫她"母老虎"，而她则骂他"神经病"。

一切都改变于大三那一年。

那个暑假，按照政府的规定，全国各高等医学院校三年级的男生都要去南京军官教导队接受军训，女生到初级卫生机构实习。他和班里的 23 名男生去了南京，而她则留在上海，在高桥的儿童夏令营做保健医生。

再度相逢时，在他眼里，她出落成一个优雅、知性的女子，全身散发着圣洁迷人的光。而她再看他，睿智、豁达、富于教养、才华横溢。重要的是，他有着强烈的正义感和高涨的爱国热情，不屈服于强权，尊重女性。

前奏和序曲已经太长，他们旋即陷入了热恋。

英文课本读的是《大卫·科波菲尔》。主人公的情感生活颇为曲折，却令她警醒。她不喜欢盲目的爱情，希望自己是书中的艾妮斯。"夫妻间再没有比志趣不合更大的分歧了"，这一点他们都同意，都不希望自己的爱情是一场悲剧。所以，两人郑重地签订了一份"爱情公约"：第一，双方绝对平等。女方婚后不依附于男方，第一个孩子姓女方的姓，第二个姓男方的姓；第二，经济独立，女方不依赖男方供养；第三，热爱国家，参加抗日，不做亡国奴；第四，互相信任，不欺骗对方。

喜欢唱歌的他，弹着吉他为她唱了首美国歌曲《白发吟》：

　　亲爱的我已渐年老，

　　白发如霜银光耀。

　　叹人生譬朝露，

　　青春少壮几时好。

　　唯你永是我的爱人，

　　永远美丽又温存……

歌曲意境深沉悠远，温馨浪漫。青春年少的他们爱得热烈而缠绵。

那是一个空气里都飘散着血腥味的年代。就在毕业之际，"七七事变"爆发。战火瞬间燃遍了整个华夏。那时他们在南京实习，一个在鼓楼医院，一个在中央医院。

几个月后，鬼子大军压境，首都即将失守。他在防空站抢救受伤市民，而她在中央医院护理大批伤兵。

石头城血流成河，连天炮火中，他们失去了彼此的音信。

就在他替爱人的安危焦灼时，她冒着枪林弹雨在救护站找到了他。中央医院要迁往汉口，她手里紧紧攥着一张船票。二人相约一定要活下去，只要活着，此生绝不分离。

战争将人逼得绝望，唯有爱情是那黑暗中的一点光亮。

江轮终于载着生的希望到了汉口。刚刚在逃难的人流中重逢的他们来不及说上几句话，她就又要随医院迁往长沙了。那一刻，他几乎崩溃。热恋中的男女在一片迷茫中看不到前途究竟在何方。

"我们到前线去吧，去参加抗日吧！只要有消息，你一定要来长沙找我！"她留下这句话，依依不舍地别了爱人。到前线去！他们都痛恨战争。战争不仅毁坏了家园与国土，也使他们的爱情无所依托。

他即刻去爱国华侨林可胜组建的红十字救护大队报了名，正在汉口为刚成立的新四军寻找医务人员的沈其振发现了他的名字。

沈其振带他去见叶挺。他被将军的风度所吸引，更为将军的抗日决心而感动，当即决定参军。

他要把这个消息告诉她。

那个冬季似乎特别冷，他连夜去长沙找她。坐在火车车厢的连接处，被刺骨的寒风吹得四肢僵硬，但他心里好像揣着一团火。

她毫不犹豫地跟他离开了中央医院。他们是新四军中第一对恋人，是比漫山遍野的杜鹃花还要惹眼的风景。他们终于成就了梦想，成为救死扶伤的军医。但她却在严酷的环境中病倒了，不明原因地发着高烧。

"也许我要死了？"她问。

"有我在，你就不会死。"他答。

他在山坡上为她搭建了一座竹屋，让旷野清爽的风带给她一缕新鲜的空气。而他也最终累倒，躺在她身边和她一起发烧。

原以为两个年轻的生命会这样结束，虽然对世间有许多遗憾，但共赴黄泉对爱情来说已经圆满。上天被感动得发了慈悲，放他们在人间继续恩爱。

又过了几年，他们才在乱世中结为夫妻。那时，他携她在上海的医院进修，同时做地下工作。有一天，他忽然接到密报，党内出了叛徒。他与她即刻转移。就在归队前夜，他们举行了婚礼。那一年，他27岁，她28岁，相识已整整10年。

他离世时94岁。她只对儿孙们说了一句话："让他回家来。"

三年之后，98岁的她亦平静地走了。实在是不忍心放他一个人孤单地漂泊，他已经等她太久了。

他叫吴之理，是著名的军事医学专家，历任新四军三师卫生部长、志愿军卫生部长、第二军医大学校长、空军卫生部长、军事医学科学院副院长，并创办了世界上第一所创伤医院——上海急症外科医院。

她叫章央芬，是著名的医学教育专家，历任新四军三师医务主任、中国医科大学妇婴学院院长、第二医学院副院长、中国协和医科大学教育长，一生育人无数，桃李满天下。

他们一生经历得太多，战争、离别、贫穷、疾病，但他们从未放开对方的手。他们事业有成，但他们却认为，最大的成就是经营了一份坚贞的感情。

正是平等、独立、爱国、互信的观念，才使他们从年少走到了垂暮，从青丝走到了白头，用70年的漫长岁月履行了一份关于爱情的公约。

穿越历史的人

◎ 亢　霖

2016年1月22日，我的外公以90岁高龄辞世。他是个普通人，前半生是个普通的军人、军官，后半生是个普通的地方干部。像许多先他而去的人一样，他不乏叱咤风云的过往，终究归于平淡。

但他穿越了历史。

现在是个多元的时代，从"50后"到"00后"，所有人都在激烈地争议历史，更争议着因历史而形成的现状。而那些真正经历过、见证过历史的"20后"，几十年来却保持着沉默，似乎从未发声。其实那一代人不是没有发言，只是现在的人不愿听他们讲。

在沉默中，那一代人在慢慢凋零。我外公的离去不是个时代事件，在我心里，却是一个时代的终结。

外公是第一个教我"至今思项羽，不肯过江东"的人。他告诉我，老家宿迁是项羽的故乡。他去世了，我没有想象中那样难过，不知道这没心没肺的狠心，是承继自家乡的楚地风气，还是他本人坚强的基因。

但我怎能不难过。他不止将亲历的血与火打造成我童年里的一个个童话，更以朴素的言行滋养我的成长。讲了那么多战斗故事，他从来没有向我灌输过无节制的盲目仇恨。那些烧砸日系轿车的反日"爱国"分子从没有在战场上放过一枪，而外公亲历过抗日战争、解放战争和朝鲜战争，亲手击毙过许多敌人，却常说战争是复杂的，是所有人的不幸。他说一定要将日本军国主义和日本人民区分开来，不该将战争变成民族间的仇恨。他会从军事内行的角度评价——日本人作战也算勇敢，美军装备精良、战术素养高。他是志愿军军人，说老统帅彭德怀最光荣伟大的一刻，不是在朝鲜战争中与美军打了个平手，而是在庐山会议上说真话。他念叨着埋骨异国的战友，可又会说："现在看来，'南朝鲜'比'北朝鲜'搞得好。"他一直有着骨子里坚持的简单和真实。

这简单和真实让外公付出了代价，即便他后来不再觉得那有什么。他离开了军队，内里却始终是个军人。后半生，进入体制内的他是严重不适的。他虽是一个普通的军人，却有着项羽一样的军魂，在漫长的日子里，他像完成一场场战斗一般，艰难地穿过了人生的泥沼。

因为外公早就流露的生死观，让我能够没心没肺地狠心着。在离去前不久，外公得到抗战老兵勋章。他说，自己那些牺牲的战友更应该得到这个，不久后，他就可以拿去给他们显摆了。他应该不记得了，几十年前，他拿出解放勋章给一个刚脱掉开裆裤不久的小男孩看时，就说过类似的话。

对我而言，外公留下最大的财富，是"反省"。反省是个人的，也该是家国的。他每讲出一种看法，常说这只是他一时的想法，还要"经过实践检验"。他总强调要"设身处地"。我知道，我们都有太多需要反省的事情。一个人，在要求他人反省时，首先应该自我反省。一个民族，更该自我反省。

外公和我之间有一个小秘密。所有人都觉得，他最终败在了自然规律之下，只有我知道，他是这最后一仗的胜利者。像深入阵地一样，他深入了死亡。"身既死兮神以灵"，他会亲睹那些风景和人情，找机会告诉我们。在寒风中，我捧着他的遗像，只觉山巅上的白云很美，只觉他仍在岁月深处。

我已经知道了，

老家还有一个名字，叫故乡。

故乡就是，等着我们灵魂回归的地方。

灵魂归处是故乡

◎ 宁 子

一

整个童年时代，我最畏惧的一件事就是回老家。

老家在山东省沂南县的一个贫穷落后的小山村，位于沂蒙山腹地，距离我们生活的小城整整 100 公里。

100 公里，现在看来实在算不得有多远，可是在 20 世纪 80 年代，却是极其遥远的一段距离。车站每天只有早上六点的一班车发往老家。

每年正月初八的早上五点钟，我便早早地被妈妈从被窝中拉起来，手忙脚乱地穿衣吃饭。五点半之前是一定要出门的——那天一定要赶回去，因为初九是奶奶的生日。

街上灯光昏暗，寒冬的清晨冷得彻骨。一家人大包小包、深一脚浅一脚地赶到车站，买了票，登上红白色相间的老式客车。

车里没有暖气，窗户永远关不严。爸爸用大衣裹着我也无济于事，车开起来，我依旧冷得发抖。

除了寒冷，最让我畏惧的是晕车，车子刚出县城，我早上吃的东西便已全数吐出。

后面的路程，我吐了喝水，喝完再吐，小小的心苦涩无比，整个人缩成一团，昏沉沉地瘫在爸爸怀里，抱怨着一个词：老家。

为什么要有老家？

二

破旧的客车一路颠簸，100 公里的路程，三四个小时到达已属万幸。

下了车，我整个身体都是瘫软的，爸爸把行李转到妈妈和哥哥手里，他抱着我。

好在，在离停靠站不远的路边，永远是有人接站的——三两个男人齐齐蹲在路边抽着廉价的烟卷，不知道等了多久。

我永远分不清他们谁是谁，大伯或者叔叔，堂哥还是别的什么人。只是任由他们一边和爸妈用家乡话寒暄，一边接过我，用脏乎乎的棉大衣裹了抱在怀里，东西放在唯一的一辆自行车上。一行人步行半个小时，才到达那个在寒冬里更显孤寂、荒凉的村落。

那个村子叫张家屯。奶奶的家，就在屯子的中间。

三

奶奶家的房子是多年前的土坯房，低矮阴暗。房子没有窗，黑漆漆的木头房门若关上，即使白天，屋子里也马上黑得伸手不见五指。所以家家户户都有那种用麦秸扎成的半门，虚掩着，实在挡不住任何风寒。

为了取暖，奶奶会在屋里用木柴烧火，但也只在我们回去的时候，火盆才从早到晚地燃着。在老家，每一张面孔都是相似的，灰扑扑的，布满皱纹，好像经年不洗的样子。

男人女人的衣着，除了黑色便是藏蓝和灰色，只有小女孩穿着俗气的大红大绿的外套，她们的长头发编成麻花辫子，浑身散发着长久没有清洗的油腻味道。

饭桌上倒是丰盛，奶奶会把过年的鸡鱼肉蛋一直留到我们回去才全部端出来享用。好在冬天存放食物不易变质，但颜色也失了新鲜，让人看着并没有食欲。

主食是煎饼，麦子的、玉米的、高粱的……为数不多的馒头，也是留着招待我们一家的。

老家的风俗，整个正月是不做主食的，于是年前，家家户户都烙下整整一大陶瓷缸的煎饼，吃到整个正月结束。

这就是老家。寒冷和贫穷，成了老家给我的刻骨的记忆。

四

每次回老家，我们也只住两个晚上，给奶奶过完生日后，初十早上便会回去。一是爸妈要赶回去上班，二是住宿实在不方便，几乎每一户都没有多余的被褥，我们一家人晚上要挤在一张床上。

所以离开的早上，在奶奶的篱笆小院前和她说再见的时候，我的心早已迫不及待地飞离了那个古老荒凉的村庄。

回去的路上，我依旧是吐得一塌糊涂，一来一回地折腾，之后要花好些天我才能恢复元气。所以，整个童年，老家对我来说，是畏惧，是排斥，是抱怨和微微的恨意。

小孩子的心那么小，只装得下自己的喜怒哀乐。而时光，就这样在回老家的仪式中一年一年过去了。

后来回老家的车次慢慢多了起来，路也平坦了许多，旧客车换成了新客车，也能够买到晕车药缓解我的痛苦了，奶奶的房子也翻修成了砖瓦房……

但是对老家，我始终没有热爱。奶奶的身体每况愈下，伯伯叔叔们总有数不清的事情要打来电话，修房、买拖拉机、孩子嫁娶……不断拿走爸妈的一部分收入。所以，因为有老家，一个少女的成长过程中便少了心仪的单车、想要的随身听，少了新衣、新鞋和零花钱……那样的一个老家，我拿什么来爱她呢？

五

奶奶在我读大二那年去世，那是冬天，我已放了寒假，得到消息，一家人赶回去送别奶奶。83 岁也属高龄，爸爸没有表现得太过悲伤，只是在最后守着奶奶的那个晚上，一直沉默着，一会儿帮奶奶整理一下衣服，一会儿看一看奶奶手中握着的"元宝"是否安妥……更多的时间，他静静地注视着奶奶苍老平静的面容。

我默默地看着爸爸，想起了一个问题：爷爷早已辞世，如今奶奶也不在了，老家，可还有曾经的牵绊和挂念？我没有问，只是陪着爸爸，在那一天默默送走了他的妈妈。

那年春节，我们在老家度过。我以为，那该是我们最后一次在老家居住和停留了。

果然，从那以后，我们再也没有回老家住过。

大学毕业后，我东奔西跑了好几年，最后在郑州安顿了下来。每次回家，我都是陪伴已经年迈的父母在小城住几天，不再回老家。

不过爸妈回老家的次数反倒更多了一些。家里买了车，两个县城之间也早已通了高速，自己开车单程不过一个小时，一天的时间可以轻松地往返了。

妈妈说，老家也富了，堂哥他们要么开货车、种大棚蔬菜，要么在县城的厂子做工，收入都不错。每次爸妈从老家回来，车子后备箱里总是被塞得满满的，有鸡鱼肉蛋、花生油、新鲜蔬菜……爸爸说，那可都是纯天然绿色食品。

爸爸说，新农村干净卫生，街道整齐。他知道我最怕的是脏。

我听后笑了，没说什么，富起来的老家对我来说，已经全然陌生了，也想不出日后还会有怎样的交集。

六

2012 年夏天，爸爸旧病复发，被送到市人民医院，两个月后，他的人生进入倒计时。他虚弱到已近乎无力言语，开始断断续续陷入昏迷。

有天午后，他忽然清醒了，嘴唇嚅动，似乎想说什么。握住他的手，我贴近他，听到他喃喃地说："回老家。"

"什么？"其实我听清楚了，这样问，是因为我不解。

他看着我，慢慢地说："带我回老家吧，我想和你爷爷奶奶在一起。"说完，他的眼神忽然柔软起来，如同回到母亲怀抱的婴孩。

于是当天下午，我们带着爸爸回到了我许久未曾回去过的老家。到老家 20 分钟后，在奶奶曾经居住的屋子里，爸爸轻轻闭上了双眼。

那一刻，他的面容格外安详平静，踏实满足。旁边，一直沉默的大伯用粗糙的手轻轻抚摸爸爸平静的面容，轻轻地说："不怕了，回家了。"

听到这六个字，我再也忍不住，泪如雨下。

那天晚上，像爸爸最后一次守候奶奶那样，我们守着他，一遍遍为他整理衣衫，轻握他的手指，抚摸他的脸庞。无端想起，好多年前我问他："为什么不把奶奶接到我们家？那样就不用每年来回折腾了。"

当时爸爸沉吟良久说："奶奶年纪大了，离不开老家了，因为害怕死在外面，灵魂回不了故乡。"

那一刻，爸爸这句话突然从我的记忆中跳出来，令我的灵魂战栗不已。

七

爸爸离去后，我开始频繁回老家。他的五七、百天，每年的忌日，还有清明节、中元节、春节……按照老家风俗，爸爸葬在老家，作为子女，我们要回老家请回爸爸的灵位一起过三个年。一如爸妈所说，老家早已变了样子，变得富裕整洁。但这已不是我在意的，我在意的，是爸爸的安身之处。

就在爷爷奶奶的坟茔旁，春有垂柳秋有菊，两棵柏树是大伯亲手种下的，四季青翠。坟头永远被归拢得细致整齐，每一个节日，墓碑前干净的供台上，有好酒好菜，有人在那里陪他聊家长里短。

孩童亦有情。堂哥家的 10 岁小儿，他称呼爸爸"四爷爷"，常常摘了自家大棚的新鲜蔬果送过去，说："四爷爷，你吃啊，咱家的。要么，你想吃什么自己摘。"

我终于熟悉了他们每一个人的面容，如同熟悉我真正的家人。

在爸爸又一个忌日的祭奠后，生性寡言内敛的堂哥喝了一点儿酒，借着微微酒意对我说："叔在家里，妹妹，你在外面放心。"

是的，爸爸回到老家，我放心。

我已经知道了，老家还有一个名字，叫故乡。

故乡就是，等着我们灵魂回归的地方。

警察故事

◎ 谢胜瑜

他叫王百姓，是一名排爆警察，一年365天，他有200多天在外排爆。在他和家人看来，他每一次执行任务都是在和死神约会。37年来，他排除各类炸弹15000余枚，排除爆破装置和哑炮1000多个。不久前，王百姓当选2006年"感动中国"年度人物。英雄的铁胆情怀征服了无数人，而给我内心最大震撼的，却是王百姓在接受媒体采访时那种自豪而又庆幸的表情，还有他和家人讲述的那些关于"怕"的故事——

死亡之旅

2003年12月，铁路工人在对京广线安阳纱厂铁路大桥进行维护时发现3枚重磅航空炸弹。京广线全线停运，上级要求王百姓必须在 40 分钟之内把炸弹拆除并运走。

这些炸弹里面装的是苦味酸炸药，而且炸弹头部和尾部的引信完好，随时都有可能发生爆炸。王百姓没有采纳用吊车起吊的建议，而是决定人工排除。

四周站满了围观的群众，警方和医护人员做好了抢救准备。王百姓靠近炸弹后，先用铁锹把炸弹两头下面的土掏空，再把绳套套在炸弹上，回头指挥助手们远距离地拉动炸弹。他小心地扶着炸弹，每挪动一点儿，都要把耳朵贴在炸弹上，听听里面有没有异常响动……漫长得像是一个世纪的 27 分钟过去了，炸弹终于被拖离了铁路大桥。

任务还没有完成。因为靠近铁路的地方不具备销毁条件，炸弹必须拉到 40 公里以外的山沟里引爆。卡车司机一听说要运的是炸弹，吓得魂都散了，给多少钱也不愿意做这趟生意。王百姓劝他："兄弟，咱们总不能让它一直搁这儿吧？你看这样行不行，你开车，我在车厢里扶住炸弹，用听诊器听着里面的动静，如果有什么不对，我使劲一拍驾驶室，你就赶快跳车。""那你怎么办？"王百姓说："你不用管我，你保住自己的命就行了！"在车厢里装上半车沙子后，王百姓坐在沙堆上，双手紧抱炸弹，用听诊器小心地听着里面的声音。40 公里的路程，卡车足足走了两个多小时。那天，为防止意外发生，沿途各个路口都有警察或战士把守和护送，当王百姓经过的时候，许多人都流着泪向他敬礼……

炸弹安全引爆后，有人问王百姓："抱着炸弹两个多小时，你一点儿都不怕吗？"王百姓不停地擦汗，答道："哪能不怕呢？我也是肉身啊。我要是说我害怕得就差尿裤子了，你肯定不信。"

英雄也惧。一个血性男儿的真性情，赢得了人们更多的感动和敬意。怕，却应声而上，才是真正的铁肩担道义。

两个苹果

2001 年夏天，王百姓的电话突然响起，他又要去排爆了。妻子陈金娥问他："危险吗？"王百姓一边急急地走，一边轻松一笑："没事儿，这次，我只是去给爆炸后的现场做些案情分析。"

妻子没有想到，王百姓一去就是半个月。这次，他来到了内蒙古。有人在一处正在施工的高楼附近挖出了八百多枚废旧炮弹。在他到达以前，周围的群众已经被疏散。人们站得远远的，看着王百姓蹲在一堆锈迹斑斑的铁家伙中间，将炮弹分类，然后指挥人们把炮弹装车送往郊外空地销毁。哪知道这边炸弹还没引爆，就又有同事报告，说在内蒙古杭锦后旗发现了掩埋在地下的四千多枚炸弹，几万人如同生活在火山口上！第二天，王百姓指导当地干警用了整整一天时间，挖出了 4878 枚炸弹，这些炸弹装满了 4 辆加长货车……

这一切，王百姓都没有告诉妻子。很偶然地，几天没有丈夫音讯的陈金娥在电视中看到一个画面：王百姓跳进泥水里，像摸鱼一样将一枚枚炸弹捞上来，五十多岁的他在十多米深的坑里爬上爬下，吃力地搬动着随时都有可能爆炸的炸弹。点火引爆的时候，有一位点火者紧张得双手发抖，怎么也点不着。王百姓大步上前，让对方迅速撤离，自己点着了火。随着一阵巨响，陈金娥额上的汗珠如雨点一般滴落，全身发冷的她愣怔了十几分钟才缓过神来，她心急火燎地拨通了王百姓的电话，可她还没来得及责问丈夫为什么不告诉自己实情，王百姓就开始在电话里跟她逗乐："想我了吧？别急，正坐火车往家赶呢……"弄得她对着话筒又哭又笑。

那天晚上，陈金娥梦中三次被爆炸声惊醒，泪水不知什么时候打湿了枕巾。第二天大清早，丈夫按响了门铃。陈金娥赤着脚奔过去开了门，还没等王百姓进门，就紧紧地抱住了他，奔涌的泪水吐露了一个妇道人家心底所有的惦念、担心和后怕。要知道，就在一个月前，陈金娥刚参加过丈夫一个在排爆中牺牲的同行的追悼会！

其实，王百姓的每次"出山"，从来都不像他嘴上说得那么轻松。作为一名排爆警察，哪里有炸弹，王百姓就要奔赴哪里。王百姓一次次地和死神约会，作为妻子，陈金娥除了担心和害怕，唯一能做的就是为丈夫祈福。她对王百姓说："以后你可以不告诉我去干什么，但一定让我为你准备行装。"

从那以后，王百姓每一次出差，都是妻子为他准备行装，在一切都准备好了以后，陈金娥从来不会忘记在行李最上面一层放上一张全家福照片和两个红红亮亮的大苹果。而每一次，陈金娥都要帮王百姓提着行李下楼，送他上车，轻声叮嘱："完成任务打个电话回来。"

"遗照"

2003 年，河北省威县一位检察官收到一枚炸弹邮件，没人知道怎么拆除。王百姓看了寄来的 X 光拍摄的炸弹图后也说："我排了几十年爆，这种炸弹从没见过。"

同事问王百姓："那你还去不去?"王百姓说："去，当然要去。"

排爆服放在公安厅对面配楼的四楼，王百姓让同事和他一起去取。让同事想不到的是，平时风风火火的王百姓，这次却落在了她后面。上楼时，王百姓甚至要扶着栏杆才走得动。同事问："王老师，你的脸色这么难看，怎么了?"王百姓好一会儿没回话，等取了排爆服下来，他才老实作答："这次我心里特别没底，能不能回来还难说。刚才我想了很多，老婆、孩子、父母……想着想着，就双脚无力了。"见王百姓怕成那样，同事就善意地说："要不，你找个理由推了不去?"王百姓说："我要不去，哪对得起这身警服? 不过，我希望能和家人吃顿饭再走……"

平时，王百姓工作太忙，完全把家当成了客栈。常常，妻子看到王百姓在家，就赶紧买菜做饭，等她把饭菜端上桌，王百姓的电话却突然响起，然后他就匆匆准备好行李，抬脚走人。一桌的饭菜，母女俩一吃就是两三天。想起这些，王百姓心里就特别不是滋味。

女儿上幼儿园的时候，老师问她："你爸爸为什么不来接你？"女儿骄傲地答："我爸爸是解放军，没空接我。"上小学的时候，老师又问，女儿还是骄傲地答："我爸爸是警察，没空接我。"那份天真的童趣，让王百姓想想就开心。可自从那次他带女儿到自己办公室玩过一次后，女儿就完全变了一个人。

那天，女儿无意中在爸爸的抽屉里发现了一沓爆炸后血肉横飞的现场照片。女儿问爸爸这是什么。他告诉她说，那都是一些被炸死的人的照片。女儿追问："那你有一天会不会也成这样？"王百姓的眼圈一下子红了，他说："是！"从那以后，女儿就变得心事重重，不爱说话，只要有时间就拿起相机给爸爸照相，然后把照片带在身上。王百姓问女儿为什么要这样。女儿说她怕，怕有一天爸爸突然没了……

女儿的"成熟"让王百姓掂出了自己在家人心里的分量。从那以后，他总是想尽办法补偿：每次出差前，他都尽量腾出时间和家人多待一会儿；每次出差归来，他总是抢着为家人做一桌饭菜，哪怕做完了自己却没时间吃。而最让他乐此不疲的，则是每次排爆前笑着让同事给自己拍照。他想，万一出事，照片不但能给同行留下点资料，还可以给家里人留下不怎么恐怖吓人的"遗照"……

37年里，王百姓亲眼看见贵州的同行失去了双眼和一只手，三门峡的同行被炸得飞出七八米远……他则幸运地拍下了一万多张"遗照"！

一万多张照片，一万多次与死神擦肩而过啊！惊悚和不安伴随了王百姓一家 37 年，一万多次的"幸运"让他们一家承受了多少心灵的重荷？在一次接受采访时，王百姓从贴身口袋里掏出照片，含着泪说："37 年来，家人成天为我提心吊胆，我对不起他们。我把照片带在身上，是想让他们能时刻听到我的心跳。一家人都在我心口，我排爆时才能做到气定神清，才不至于分神，才不会出差错……"

我觉得并不是我做得有多好，

而是因为我是她们当中的一员，

是唐山这个经历过劫难的城市的民间代表，

在我身上，

有无数人的汗水、泪水和梦想。

家国处处入梦 /

为那些早逝的人好好爱这世界吧

◎ 孙秀兰 / 口述　唐未恋 / 文

唐山地震中她失去了父母和长子，丈夫受重伤，幼子因受惊吓患精神病。但她觉得个人的痛苦和整体的灾难相比，是那么渺小。

她说，地震中，每个从死神手里逃脱出来的人，都在争着救人；每个有能力救助他人的人，都是一个再生的南丁格尔！

16 岁点亮心灯

我 16 岁上了唐山人民医院办的护校，今年 63 岁了。花甲之年，我经常想起护校老师为我们上的第一节课。

我和大部分同学，第一次听说南丁格尔，听到"护士是不长翅膀的天使，是真善美的化身"这句话，情不自禁地对自己的职业升起深深的自豪感。对那个悲悯众生的英国女子，我深深感佩之余，觉得自己生活在太平盛世，不会有南丁格尔那样艰难的人生选择，也不会有她那样的奇行伟绩。

我哪里会想到，一场地震之惨烈不亚于一场战争。我所面对的尸骨遍野、声声呻吟，和南丁格尔在克里米亚战争中面对的人间炼狱相仿。

唯死教人如何生

那夜，天摇地动，房倒屋塌。还好我们住的是简陋的平房，我和丈夫从废墟中爬出时，已感觉不到浑身的伤痛。整个城市一片死寂。

丈夫的腰椎受了伤。我在漆黑中从废墟里扒出 8 岁的小儿子，又摸索着找 12 岁的大儿子。他的身上压着一大块水泥板。我平时工作忙，很少照顾到他，他和弟弟跟着爸爸的时候多，最后时刻，只听到他在地下突然叫了一声"爸"，就再没了声息。

受伤的丈夫使不上劲儿，以我一个人的力量，根本抬不动水泥板。我不知道从哪里找到一把锤子，砸断水泥板，慢慢把他拖出来。他已经没有了呼吸，他的小身体在我怀里还是软的，黑暗中，我的手从他的头顶一寸寸摸索到小脚丫，并没有明显的外伤。我把自己的睡衣扯开，紧紧包裹住他，让他的小脑袋贴着我的心胸，我想用母亲的体温把他开始僵硬的四肢暖一下。

很快我就明白这无济于事，我放下他，让他和我的丈夫和小儿子待在一起。我并不是不疼爱我的孩子，但我是个护士，我得去看看周围是什么情况。

原本一百多万人口的城市，昨晚还是灯火通明、人声鼎沸，一夜之间就突然变成一座末日之城。黎明的天空弥漫着蒙蒙大雾，这是地震时扬起、散落、升腾的沙灰、煤屑、黄土以及烟尘混合而成的"惨雾"。时间凝滞了，空气凝固了。偶尔，有几声孩子细弱的哭声，像是从遥远的地心深处传来，深幽、尖细、悠长，哀伤得像幻觉。

我本能地往我所在的医院方向走。我是头一天晚上9点钟下的班，我负责的病区还有十个病号，我惦记着他们，不知道他们怎样了。我家离单位有5里地，平时骑自行车用不了几分钟，可地震后寸步难行。

我和那些劫后余生的人一样，外表奇形怪状，磕磕绊绊地四下寻找，只要听到一丝人的声息，就疯了一样冲上去，猛劲儿扒那些覆盖物，脚掌上扎了一个铁钉子也不知道。我已经失去了平时自我保护的意识，只由救人的本能驱使。

没有输液药物，没有任何急救用品，对于一个护士来说，眼睁睁看着还有一线生机的人因失血过多含恨离去，是多么叫人伤痛绝望！我所能做的，只是把人挖出来，放到平地上，把他鼻孔里的灰土弄干净，使他能够喘气呼吸，把自己的衣服撕成条，用最原始的办法给他止血……到了这地步，谁还考虑什么男女大防呢。

唯死教人如何生。在唐山，每个从死神手中逃脱出来的人，都在争着救人；每个有能力救助他人的人，都是一个再生的南丁格尔。

下午回到面目全非的"家"，我的大儿子还静静地躺在那儿，我没注意到坐在一边的小儿子呆愣的眼神。我丈夫爬着从废墟里挖出蜂窝煤炉子和米面，我们找到水，是浑浊脏污的河水，就用这水和好面开始烙饼，烙熟了，谁吃谁拿。能一起活下来的人，都是前生来世打不散的亲人啊！

两天以后，拉运尸体的军车来了，我把儿子用一床棉被包好放到车上。我的心肝儿，就这样被拉走了。几十年了，我一直不知道他的埋身之处，也不知道生我养我的父母的埋身之处。

和整体的痛苦比较，个人的痛苦显得那么渺小，根本不容你有时间有地方去悲伤。

我凭记忆找到消失的医院，发现我的同事们大多不在了，他们是在值班的时候遇难的。各地支援的医疗队来了，急救棚搭起来了，24 小时手术床也支起来了。抢救生命，分秒必争！伤员陆陆续续被送来，手术以奇异的速度进行。

我说"我是护士"这句话的时候，感觉好像在战争年代，需要冲锋陷阵的时候，有人喊了一声"我是共产党员"一样。

我对丈夫说："好好照顾你自己和孩子吧，有命在，比什么都好……"我丈夫说："去吧，多救几个孩子，孩子还小，还没看够……"他想起了我们失去的儿子辉辉。

在死亡中，我们获得永生

我所在的人民医院改名叫抗震医院，在上海医疗队的帮助下，我们自己做建筑工，迅速搭起了一个个防震棚。

简陋的防震棚四面透风，地面是泥的，老鼠蚊蝇滋生，吃饭时嘴边留一粒米，稍不留心，老鼠就敢跳上来抢着吃。灾后最关键的是避免瘟疫流行，每天我们组织人四处喷洒消毒液。一切自己动手，清洗床单，用铁丝和钳子拧出简易的脸盆架，把输液架固定在床头。

我面对的不是普通的病号，而是些突然失去亲人的伤者，他们的心理和身体有着双重的惊惧和伤痛。这些病人来的时候没有一个不急火攻心、万念俱灰，惊恐、焦虑、孤独、绝望充斥了他们的梦境，他们不同程度地患有抑郁症。所以，他们急需全面的心理援助。

有一个需要马上做双腿截肢手术的女病号被抬到医院的时候，怀里还紧紧抱着一个死婴，谁也掰不开她的手。劝说无效，医护人员各自想起了自己的亲人，待在一边含着泪，束手无策。

鬼使神差，我唱起了一首催眠曲："我的小宝宝，我的小亲亲，一天长一寸，爱的慈母心……"那是我很久以前为自己的孩子唱过的，我多想再为他唱一遍啊，但我再也没有机会了！病人听着我的歌，情绪稳定了一些。我趁机上前拿开病人的手，把那个已经面目全非的小身体轻轻抱走。

还有一位在震前有一个四世同堂幸福之家的老人，震后失去了所有亲人，也丧失了记忆，见人就打，谁也不能近前。给他输液的时候，他突然伸手揪住我的头发，我没防备，被老人一脚踹到胸口上，当时就坐在地上起不来了。别的病号一齐怒声呵斥那个老人，我赶紧劝阻，唉，要是我的老父亲还活着，说不定也会是这样子吧，我哪会怨他，可怜他什么也不知道呀。清醒的病人们很疼爱我们护士，你可知道，共同经历过劫难的我们，已经不是普通的医患关系，我们相濡以沫，相依为命。

过了好几天还有一个老太太问我："闺女，让我看看，心口还疼不疼？"老太太的柔和爱语叫我一下子想起我的母亲，叫我想起在大城山脚下父母给我的最初的家。好多天里，我第一次突然意识到我从此是个没娘的孩子了，我很想扑到这个陌生老太太怀里，痛痛快快地哭一场。

晚上临睡前，我默诵这样一段话：

让我安慰他人，而不求他人的安慰。

让我爱护他人，而不求他人的爱护。

让我谅解他人，而不求他人的谅解。

因为在给予中，我们得到收获。

在死亡中，我们获得永生。

我拿什么给你，我的孩子

如果说我的人生有什么遗憾，那就是我没及时注意到小儿子的性格内向是精神分裂症的前兆。我只考虑到我的病人需要心理援助，却没想到家里也有一个急需心理援助的孩子。

他很乖，很聪明，功课一直很好，在家还照顾身体不好的爸爸。他上初二的时候，班主任老师突然打来电话说："你儿子上课突然站起来，浑身乱动，还做鬼脸……"

我脑子里轰的一声，一刹那什么都明白了：我的病号中常见这种类型，这是大灾留给人们的心理创伤在心理承受能力差的人身上造成的后果，终生难以抚平。地震时儿子还是一个 8 岁的孩子，况且眼见形影不离的哥哥在身边死去，眼见那一眼望不到头的悲惨世界……

他多次自残，喝安眠药自杀，毁坏屋里的家具，因为疑心别人会伤害他而吓得抱着头在床下门后洗手间里东躲西藏。

我爱人工作也很忙，我们只好把生病的儿子锁在家里。忙碌的一天过去了，进门不见人，找了半天，儿子突然手持玩具冲锋枪从衣柜里跳出来，一脸惊恐。我佯装投降，顺势抱着他倒在床上。

"儿子，别怕。"我搂着儿子的脑袋对他说。

我听到有一个很遥远的声音对我说："孙秀兰，别怕！"

我不知道那是谁的声音，后来在我丈夫腰病发作做手术期间，我又听到这个声音。我原先以为是性格坚强的母亲在冥冥中为我鼓劲儿，后来又疑心是很懂事的大儿子在为我加油。也许这是我内心的声音，一遍遍催促我鞭策我。这时我已经是科室护士长，管理内科4个病区，每天走的路说的话更多，手不停闲，面对病患，哪怕情绪多么复杂，脸上仍要微笑如花。

荣誉先是缓缓地，然后突然排山倒海地来了。从1979年起，省、市、全国劳模，"三八"红旗手，优秀党员，先进个人……各种各样的荣誉，我都记不清了。这些荣誉中我最珍爱的是1989年获得的第32届南丁格尔奖。河北省数万名护士，到目前为止唯我一人获此殊荣。我觉得并不是我做得有多好，而是因为我是她们当中的一员，是唐山这个经历过劫难的城市的民间代表，在我身上，有无数人的汗水、泪水和梦想。

我把获奖证书给了我丈夫，这个荣誉至少有他一半。但我不知道该给儿子什么。我想给忧郁孤独的儿子一个微笑，一个母亲的吻，但我好像给不起，一切都太迟了，当时没及时看好，病根没除掉。

这是我一生的亏欠。

南京睁开眼 南京不哭诉

◎ 桑 瑞

当我在北京洗影厂的放映厅看见陆川导演时，他正忙碌地打着电话。离电影《南京！南京！》4月22日公映还有17天的时间，正是主创人员紧锣密鼓地接受采访、发动宣传攻势的时候，但看得出陆川的自信、期待和放松。拉我来看内部放映的朋友说，这是全球的第二场正式放映。摄影师曹郁也特意把父母请过来看自己的心血之作。

虽然像贾樟柯拍《小武》那样也能拍出很多名堂来，但重大的题材显然能给导演带来更大的挑战和机遇。看完《南京！南京！》，再在网上浏览陆川关于这部电影曾经令他绝望的难产过程的讲述，你会觉得陆川这个家伙真是幸运，他的勇气和坚持让他有机会借助电影这样一种奇特的逼问方式，还原出历史的真相。

电影还未公映，炒作已经开始。在《南京！南京！》上映一周后，由德国人拍摄的《拉贝日记》将于 4 月 29 日公映。2004 年，陆川拍完《可可西里》之后，有电影公司曾找到他谈拍摄《拉贝日记》的事宜，但双方只合作了三四个月就分开了，原因是陆川想改剧本——当陆川在一些日本老兵的日记里发现中国人的抵抗故事后，他感觉自己需要一个不同的视角。"作为一名中国导演，我不想让世人谈到南京大屠杀，只记住一个德国人（约翰·拉贝）拯救了二十多万中国人。"陆川的确找到了一个完全不同的视角，讲述了那些他在日本兵日记里找到的抵抗故事，比如，藏在一辆没被炸掉的德式坦克中的中国士兵突然开枪，干掉很多在南京城里搜捕的日本兵的情节。但随着对史料的挖掘和编剧创作的深入，陆川最后在电影里加入了一个日本兵角川的视角，并且，这个视角最终成了电影的一条主线。

眼下，两部内容相似角度不同的电影都已经启动了宣传攻势。在商业电影时代，存在这样一种 PK 对两部电影的票房都会有所推动。但在《拉贝日记》的介绍文章里已经有了这样的说法——它把《南京！南京！》的日本兵视角说成是"站在日本人的角度为敌国开脱"。

陆川一定会冒这样的风险：当《南京！南京！》公映后，必然有"爱国者"叫骂"陆川是汉奸"。但我赞赏陆川冷静的思考角度，赞赏他对单纯的愤怒和一味的哭诉的拒绝。在没有一丝色彩的黑白影像中，我们能够看到的是那些人在无法左右的生死面前的孤苦和脆弱，那些战争背后令人震惊的文化差异。而导演陆川所顾及的则更多，他要把这部近亿元投资的商业片制作成无限接近完美的精品。

事实上，从画面到音效，从镜头的节奏到故事的讲述方式，《南京！南京！》都做得出色并且饱满。你可以联想到很多以战争为背景的电影——《辛德勒的名单》《钢琴师》《决战中的较量》《美丽人生》以及《鬼子来了》等等，但《南京！南京！》是不同的。

关键在于，你是一个中国人。当你在黑暗的影院里看到自己的同胞被屠杀、被胁迫、被奸污、被打败，作为中国人的情感会令你愤怒、悲伤、憋屈和仇恨。如果联系一下《中国不高兴》这样的图书出版的背景，可以想象《南京！南京！》公映后将引起的热度（票房）、愤怒和不满。

热度，是因为这个敏感的主题触及了当下并不轻松的中日关系。而来自评论界的不错的口碑以及"不高兴"们的非议，都将吸引人们去电影院一看究竟。愤怒，是因为目前持续发展的中国一直在释放"示强"的冲动和践行"示强"的行动，《南京！南京！》却以近乎冷酷的具象来"示弱"，来展现我们72年前一段不堪的历史，这必定会让愤怒的热血冲上"不高兴"们的脑门。不满，是因为电影始终是站在冷静的立场上力图还原历史。在屠杀中国人之余，电影中的日本兵会唱起乡曲，互诉对家乡的思念。日本兵不再是只知杀人的恶魔或者机械愚蠢的小丑，这或许会让"不高兴"们质疑导演"还是中国人吗"。

总之，陆川不用指望大众的观影感受会接近他数年的理性思考，感觉愤怒、发现仇恨会是最直接的结果。但是一个好的开端是，人们终于可以睁大眼睛，通过电影这种大众艺术看到一段我们不能忘记的历史。

每一个看过这部电影的中国人，都应该在擦拭眼泪的同时，擦拭或许蒙尘已久的心灵，思索问题的核心：我们为什么会被另一个民族攻陷了京都，并被耻辱地屠杀？

战争就是真刀真枪的较量。《南京！南京！》的独到与杰出就在于它的文化视角。一个残酷的事实就在于，中国人输掉的不仅是一次战役，而且，在南京这座"生死之城"（《南京！南京！》的英文片名），两个民族的文化残酷地碰撞在一起——发现自身文化的羸弱是一种更深切的痛！

电影的点睛之笔是片尾日军庆典上的祭祀场面。摄魂的鼓声加上日本士兵陌生怪异的舞蹈，将电影的震撼力推到了极致。在陆川看来，"战争的本质说到底是精神的折磨，它是一种文化在你的废墟上舞蹈"。

《南京！南京！》第一次直面这种文化对比下的羸弱，虽然陆川强调他看到了中国人的抗争，也描绘了屠杀者和被屠杀者的血肉形象，但真实的结果就摆在那里。在整部电影中，你随时能感受到日本人枪口的阴森和军刀上的寒气。

影片的结局据说有很多版本，最终的结局是角川在城外放走了两名中国人并开枪自杀，而逃生的男孩小豆子吹起蒲公英，灿烂地欢笑。电影没有止于阴暗和仇恨，完美地呈现了电影叙事的张力。

如果说《拉贝日记》是一段历史的再现，《南京！南京！》则更多是一种审视的思考。只有抛开受难情结的反复哭诉，一个民族才能获得深入和持续的思考力，并在文化上生发出超越的勇气和力量。

72年前，那些被俘的中国士兵是喊着口号被屠杀的。今天，我们不需要通过口号来表现勇猛和爱国——无论是在电影里，还是在生活中。

一个总理在几小时内就飞赴灾区的国家，

一个能够出动数十万救援人员的国家，

一个企业和私人捐款达数百亿元的国家，

一个民众争相献血、自愿抢救伤员的国家，

永远不会被打垮。

希望必将与中国同在！

家国处处入梦 /

悲悯深处觅故乡

◎ 刀　口

　　劫难过去，悲恸之余，我们坚强面对。一个总理在几小时内就飞赴灾区的国家，一个能够出动数十万救援人员的国家，一个企业和私人捐款达数百亿元的国家，一个民众争相献血、自愿抢救伤员的国家，永远不会被打垮。希望必将与中国同在！

　　历史永远不会忘记这一刻：2008 年 5 月 12 日 14 时 28 分！巴蜀大地刹那间地动山摇，天崩地裂，坚实的地面忽然不能承载生命之重，数万鲜活的生命瞬间失去了光泽。这一刻，孩子们的读书声戛然而止；这一刻，繁华的集市突然变得死寂；这一刻，归家的路变得遥遥无期；这一刻，死神狞笑着向深埋在废墟中的人走来……

　　从震区回来许多天了，他依然很难入眠，不敢多想，一想，锥心的疼痛又会袭来，但又不能不想，自己见证的那些日日夜夜，已刻骨铭心。

连他自己也没料到，"5·12"从此将他改变。

那是大震后的第二天，报社的老资格们，前一天晚上就兵分四路急驶灾区，部门主任交代他去守渝（重庆）遂（遂宁）高速公路："那儿也很重要，万不可擅离职守！"其时，由于成都双流机场暂时关闭，所有入川的救灾物资和人员，都是经重庆江北机场后再转运成都，渝遂高速起到了陆上大动脉的作用。

不敢怠慢，他一大早就来到高速路入口，当起一名"数据工"。写当日消息的材料已经足够。时值傍晚，向西蜿蜒的高速公路洒满余晖，他心里突然异常烦躁，难道真是"百无一用是书生"吗？干吗像傻瓜一样守在这儿呢？"我得去灾区！"瞬间做出的决定让他热血沸腾，已顾不得主任的告诫。

军车不可能搭，医疗车上不去，消防车任务特殊，"对，搭志愿者的车！"也算天助，想曹操曹操到，转眼间，只见4辆小车、1辆皮卡车缓缓驶进收费站，最前面那辆越野车上还贴着"赴川救援"字样的纸条。机会来了！他上前一开口，领队的汉子立刻答应。

汉子叫刘安文，重庆石柱县的一个建筑商，地震当日，他承建的中学教学楼被通知停工。"与其闲着，不如去灾区救人。"刘安文当即与谭建华、刘涛、马兹学等人合计，"走，上四川！"自愿加入的20条汉子，带上钢钎、铁锤等简单工具就上路了。

此时，他并不知道，一个叫张洪的重庆退伍老兵，正率领20

辆越野车急驶彭州，老兵们装备整齐，口号是"退伍不褪色，川渝骨肉亲"；一个叫王长江的贵州警察，正在贵阳开往成都的列车上，挨着座位问："有去汶川的吗？"没问几句，就遇到两个同行的年轻人。列车员感动了，在广播中帮他喊话，王警官随即召集到15名"散兵"；一个叫林又鑫的福州大汉，向单位请假后正赶赴川西，林曾当过消防员，体格健壮，有搜救本领；最让他没料到的，是山东济宁个体户张富源，竟随身携带了几十斤煎饼："我这饼搁十天都不坏，送到灾区绝对好使！"而正在成都打工的资阳人刘维洪、渠县人高承贵，也向老板辞工，赤手空拳往灾区跑……这些天南海北的热血汉子，后来都成了他的生死之交。

他跟着刘安文的志愿队夜抵绵阳，听说北川更惨，又急驶北川。

清晨，当那座死亡之城跃入他的眼帘时，"我的视觉、听觉和嗅觉，一瞬间都崩溃了！"眼泪一下流出来，止都止不住。"都啥时候啦，哭啥呀？"刘安文大声嚷嚷，"救人要紧！"于是20个人分成两组，他跟着他们钻石缝、爬废墟，很快就听到乱石缝中一个女子在呼救。大伙一层层刨掉水泥块、砖头、碎玻璃、烂门窗。废墟下的女子不断呻吟："痛啊，救我！"他们一边安慰她，一边加快速度。女子脱险后，泪如泉涌地说："谢谢大哥，谢谢你们的救命之恩！"

一直忙活到午后，他们在没有专业工具的情况下，竟然救出7位幸存者。"记得下午4点钟左右，负责观察的马大哥突然大喊：'有情况，撤！'"他一看，周围的人都往山上疯跑，他便跟着跑。原来，上游传来堰塞湖将决堤的消息，结果虚惊一场。

上山后，才知北川中学更是惨不忍睹，"那是我最伤心的地方，他们太年轻了！"他看到，学校外已设立警戒线，但不时有寻亲者冒死往废墟里钻。那废墟下，究竟是怎样的情景？他想进去看一看。

于是，他偷偷钻过警戒线，在一处废墟边，遇到一对正挖地道的父子。父亲叫席成兴，50 岁，儿子叫席增金，24 岁。埋在废墟下的叫席增俊，14 岁，北川中学初二（2）班学生。教学楼坍塌后，哥哥最先赶到学校救弟弟，父亲也紧跟着过来了。没有工具，完全靠手，壮实的席增金，硬是在废墟下掏出一个 10 米长的地洞。

他跟席增金商量："让我跟你一块进去吧，万一你弟弟还活着，也好有个帮手呀。"脸色铁青的席增金答应了。

半小时后，席增金出来，一下跪倒在父亲面前："爸，我找到弟弟了，他脑壳被压扁了，我拖不出来啊！"说罢，大哭，一直没流泪的父亲，也张开嘴哭，只是没声音。

这一刻，他突然想起读大学时曾选修过社会学，老师讲解"悲天悯人"的命题时，自己完全听不进去，但在北川中学的废墟上，在夕阳流泪的黄昏里，"我知道了什么叫挖心挖肺的疼痛"。

当刘安文的志愿队撤回后，他选择了去什邡红白镇。这时当地的搜救基本结束，连来自重庆的设备先进的"川维消防"在金河磷矿家属区的挖掘机也停下了，消防队员正将一具具遗体装进尸袋。"这是我们挖出的第 18 具。"一个叫刘永富的消防员告诉他。

虽烈日当空，他却浑身发冷。周围一片死寂。

志愿者很快接到了任务：为遇难同胞的坟场消毒。工作人员不知道他是记者，将装具发给他。他接了，心想既然来了，就跟着干吧！他和林又鑫等人分在一个工作组，看看他们的身子骨，都是干过体力活儿的。工作人员正在作简要提示：消毒要科学，尸坑下得先垫一层石灰，放下尸体后，再撒一层石灰，覆土，然后洒消毒剂。

接着开始着装，先戴双层口罩，再戴薄胶手套，又在外面加戴一双厚厚的帆布手套，身上还要再裹一件塑料雨衣。30多度的高温下，还未挪步，人已汗如雨下。每袋石灰有40公斤，他一拎，晕。林又鑫问："兄弟，行吗？"他一咬牙，说："林哥，行！"扛起石灰袋，跟跟跄跄跟着走。

坟场位于半山腰的梨岭，层层梯田上，全是坟坑。林哥说，坑是空降兵挖的，开始时按深埋要求，1.5米一个，"后来他们确实挖不动了，有些坑只有几十公分。这也不能怪空降兵，他们又要抢险，又要挖坑，人都累散架了！"

还未歇口气，一支运送救灾物资的车队驶进镇来。卸车缺少人手。"走！"林哥喊了一声，带头去卸车。帐篷、食品、矿泉水……包装袋重达数十公斤，大家咬牙硬挺着传递，忙了4个小时才将货卸完，"粗略一算，那天我们的卸货总量有80多吨！"

直到这时，他才想起自己的本职，得赶紧写稿了。

他记得，自己是傍晚时从红白镇撤到什邡的，只见满街卷帘门紧闭，不禁急了，连连问路人哪里有网吧。路人摇头，说："这个时候谁还敢开网吧，都关了！"就在一筹莫展时，一个 20 出头的姑娘问："你真是记者？那就去我家写稿吧。"姑娘家住一幢三层楼，顶层已经裂缝，全家人挤在底层，好在电脑还能上网。半夜时，他将稿子发回报社，才发现没地方可去了。姑娘说："就在我家歇一晚吧，你毕竟是来帮助我们救灾的呀……"

那一夜，他失眠了。他起身抽烟，看到那姑娘拿着棍子，在院里慢慢挪步，原来，她正为大家守夜！

他的眼睛一下湿了。

那一夜，什邡的月亮真大。"我突然想到'故乡'这个词。以前，从未认真去领会它的含义。那一刻，才懂了。故乡是什么？它是你现在居住的地方，你以后会怀念的地方，是你有强烈亲切感的地方，有美好记忆的地方，是你的家所在的地方。每个人，都有他心灵的故乡！而悲悯深处寻故乡，我以为就是在经历巨大创痛后，自己对生命有了全新的认识，并懂得了什么叫'悲人所悲，痛人所痛'。"

原以为自己懂了，但林哥的结局，又让他猝不及防。许多天后，他在报社给林哥打电话，接听者是个女人，她说老林前天夜里撤到成都后，这个一直没哭的铁汉突然放声痛哭。"他的精神彻底垮了，语言混乱，现正在华西医大住院。我是他的主治医生。"

他一下愣住，随即悲从中来，终于明白：要读懂生活，路很长；要寻觅故乡，路更长……

真实的战争

◎ 蔡　成

　　天下着雨，冷飕飕的。我坐在一辆挺破的中巴车上，从云南文山自治州的丘北县往麻栗坡赶，我想去瞻仰麻栗坡烈士陵园。

　　几天前，从深圳出发时，好些朋友叮嘱我，如果我真的会去云南文山自治州，千万要去一趟麻栗坡烈士陵园，替他们给在自卫反击战中牺牲的英雄儿女们献上一束鲜花，深深鞠三个躬。

　　当时，我绷着脸狠劲点了点头。现在，我直奔目的地。我隐隐约约觉得，我的内心里，带着沉重的使命。此行，我并非只为了朋友的托付，更多的，是为了了却多年以来的心愿。我大哥最要好的儿时玩伴就永远躺在那里，那个被我唤作谷雨哥哥的人，曾送我生平第一支圆珠笔。我在心里说，等我长大了，我一定要来看望你。现在，谷雨哥哥，我来看望你了。

　　一路上，稀稀拉拉地有旅客上下，但中巴车始终没坐满过。

听说我要去麻栗坡，卖票的妇女说，去那里千万别乱走，到处都有没有清除的地雷。就连走在大马路上，也得看清路面上是否有被雨水从旁边山上冲刷出来后滚落的地雷。

有个乘客补充，现在的麻栗坡四周，尽管扫雷好几次了，但还有很多地雷藏在地里。他又说，打仗那阵，光中越边境一带，埋下的地雷比二战期间全世界埋的地雷还多……

我不知他们是否在瞎吹，但我一下子紧张起来，手心直冒冷汗，好像，残酷的战争已在瞬间降临到我眼前。

车过砚山，上来一个残疾人。他拄着一根拐杖，他的右腿少了大半截。听说我要去麻栗坡，他立刻感叹："很多人都没忘记他们啊！每年清明前后，都有好多外省人不远千里百里来烈士陵园。那里，睡着九百多个英魂啊……"

他是麻栗坡人，他的腿正是被地雷炸断的。不是在战争年代炸断的，而是在和平年代，他在自家地里耕作时被炸断的。

他懊恼不已，咬牙切齿地说自己真冤："我当支前民兵好几年，在呼啸的子弹中钻来钻去，始终毫发无损。不打仗了，可以安安心心种地了，却炸飞一条腿。"他觉得自己的腿不是在战争中失去的，很不光彩。若在激烈的战斗中挂了彩，即便牺牲了，炸得血肉横飞尸骨无存了，也光荣。

听说他是支前民兵，我来劲儿了，赶紧请他讲述战争场景。

他承认，自己并没真正端枪打过敌人，他的任务是背伤员下战场，送弹药上前线。唯有一次，他差一点能够实实在在用枪面对面拼掉几个敌人，但后来却出现了戏剧性的一幕。

"那是战争的末期，战争还没结束，双方都没彻底放下武器，但比起 1979 年的血战，枪声已经少很多了。近在咫尺的阵地，敌我双方不再针锋相对虎视眈眈，反倒不时称兄道弟，热情交往。"

"有一次，对方士兵打死了一头猪。不是野猪，是家猪。也不知是哪国哪家的猪，少了条腿，肯定是被地雷炸飞了，拖着三条腿在林子里乱蹿，被几个士兵用枪打死了。他们就地生火将猪烧熟后，有个兵拎着一大块肉大大咧咧走到双方阵地中间，打着手势说要送给我们的战士吃，但想要我们提供一点盐。"

"当时，我正好也在阵地上。战士们怕对方使诈，在我将盐送过去的同时，他们在我身后用枪瞄准对方。一旦对方稍有动作，我们就一枪一个，撂翻他们……"

"哈，对方没使诈。他们叫着喊着给猪肉抹上盐，大嚼特嚼。觉得不过瘾，他们干脆把余下的猪肉全扛到一个石头高台上，吆喝我们带着酒过去一同痛饮。我们商量了一下，安排两个战士留守，其余的真的带着酒过去了。全是白酒，好多瓶。"

"那哪是'仇人相见，分外眼红'啊，简直是同胞兄弟了。不管是对方士兵，还是我们的战士，全都用手撕着猪肉大块痛吃，举起酒瓶好一番痛饮，敌我双方还使劲碰瓶对饮呢，就差没划拳了……"

这位二十多年前的支前民兵越说越兴奋，满面红光，仿佛此时此刻他又回到当时那个类似于梁山好汉们"大聚餐"的现场。

我惊奇不已，在我们眼里极其残酷血腥的自卫反击战中，竟然还有这样的镜头！我问："你不怕他们？他们可是咱们的敌人啊。"

"从没想过怕不怕，实际上也根本不存在怕的念头。我们都是十八九岁的毛头小伙子，正好谈得来。一群毛头小伙子，大家都正是爱热闹、喜欢交四海朋友的时候，个人之间又没什么深仇大恨，犯不着时刻都端起刺刀往对方肚子上扎啊。"支前民兵说，我们的战士大多不懂越南话，对方也不懂汉语，他给双方当了翻译。他说他当时还告诉对方，他在越南的保河、河江两地都有亲戚，打仗前亲戚间还经常走动，一动枪炮，彼此都不知道对方死活了。

我疑惑，问："那一旦双方再次交起火来，你舍得朝曾经一起喝酒的越南士兵开枪不？"

他两眼圆瞪，吼："开枪，一定会开枪。我是军人，共和国的军人，敌人来犯，不顾一切冲锋陷阵，那是军人义不容辞的责任！"他一激动，就忘了自己其实仅仅是个支前民兵。或许是在战火纷飞的前线待久了，受了战士们的影响，他情不自禁地将自己也视为一名坚强的、顶天立地的共和国卫士了！

我无言，递给他一支烟，为他点燃。不知他是否明白我这个简单动作的含义，其实，我在表达我对他的深切敬意。

支前民兵吐一口烟，继续他的故事。

更绝的在后头。

整只猪最后只剩下小半边，酒全部喝完了。我们有三个战士喝醉了，对方帮着我们的战士将几个"醉鬼"抬着送回我军阵地。

太有意思了！不单是我，中巴车上的几个乘客也听得目瞪口呆。

这位我连姓名都不知道的支前民兵，他的故事和前面几个乘客告诉我的麻栗坡遍地是地雷的话一样无法证实。但我一厢情愿地认定，他惟妙惟肖描述的敌我双方分享酒肉的场景百分百真实。因为，我希望这充满和谐、温情，带着人性光辉的一幕，永存。

他在接任中国女篮主教练一年后，说过这样一句铿锵有力的话：

"我们不能轻易赢世界强队，

但任何一支世界强队，也别想轻易赢我们！"

任何一支世界强队，都别想轻易赢我们

◎ 刀 口

一

我正与他面对面。

他身高近 1.9 米，壮实而健硕，衬得办公桌有些小；目光炯炯，谈吐温和，引证国内外行业资讯或数据生动准确，与他说话感觉像是在与学者对话。阳光从窗外洒进，在他脸上镀了一层暖暖的金色。平和的交流中，让我几乎忘却，他可曾是中国篮球界最霸气的那个人呢！他就是李亚光。

1992 年，在第 25 届巴塞罗那奥运会上，作为中国女篮主教练，他率郑海霞、丛学娣、李昕、彭萍等生猛女弟子一路过关斩将，拿下亚军，这是迄今为止中国篮球在奥运会上赢得的最高荣誉。说到他的霸气，除赛场上的矫健敏捷、让对手生畏外，还有就是他在接任中国女篮主教练一年后，说过这样一句铿锵有力的话："我们不能轻易赢世界强队，但任何一支世界强队，也别想轻易赢我们！"

是年，他 34 岁，业界称其为"少帅"。少帅有性格、有脾气，敢讲真话，这在习惯说官话的篮球界语境里自然显得另类，于是有人认为他狂，有人认为他把话说得太满，"这小子，真是不晓得天高地厚啊！"一般的教练遭遇这种情况就偃旗息鼓了，但少帅偏不，继续放话："我狂吗？作为主教练，我清楚自己的实力，也知道不足在哪里，我清楚该怎样带领她们去为荣誉而战！狂不狂，拿结果说话！"

这话辩证而机智，按重庆话说叫"牛都踩不烂"。其结果，是中国女篮在巴塞罗那一战成名。问他："为什么不打完比赛再说那些话呢？"

他大笑："事后再说叫马后炮，那还是李亚光吗？"

听其言，便知他乃个性男人。在精致的利己主义时代，假话遍地游走，人们于温良恭俭让中形成虚幻的明哲保身氛围，人人乐在其中。可他偏不。

二

男人的成长是从少年开始的。

1971 年春天，重庆市第 58 中学的操场上，一个身高 1.8 米的高个儿少年引起了体育老师蔡哲明的注意。他叫住少年，问："喜欢打篮球吗？"少年回答："喜欢呀，我在江苏就打球呢。"

一问一答后，李亚光进了校篮球队。

这年，他 13 岁。

重庆作为"大三线"的中枢城市，接纳了上百万"三线"移民，江苏镇江少年李亚光是其中之一。市 58 中属沙坪坝区管辖，李亚光就近入学，"其实它就是个农村学校，位于城郊，周围都是农田，学生也以农家孩子居多。"

问他为什么没读市一中——重庆一中始建于民国，是全市最好的中学之一，篮球是其传统强项。他坦承："我成绩不够好，进不了。我姐姐成绩不错，进去了。"虽未能进市一中，但李亚光在 58 中遇到了蔡老师，篮球天赋同样得到培养和发扬，也算一种幸运。

还在镇江时，从上海迁来的船舶学院落户李亚光家附近，学院的篮球赛引起了他极大的兴趣，一有空便去观战。这个高个儿少年对篮球的痴迷，引起船舶学院体育老师刘守古的注意。刘老师把他带进球场，边玩边讲解篮球的基本要领与技巧，遂成他的启蒙教练。到重庆后，李亚光发现篮球运动在这里非常普及，每所中学都有篮球队，而蔡老师和同学们的悉心帮助，让这个外乡少年感受到了温暖。

千里马和伯乐，总会有交集。

1974 年春夏之交，在全市中学生运动会上，名不见经传的 58

中篮球队打进前三，身高 1.88 米的李亚光脱颖而出，引起广泛关注，重庆一中也向他伸开了双臂。"市一中确实来找过我，但我没去。我毕竟还是个孩子，感觉 58 中对我很好，我为什么要跳来跳去呢？没意思嘛！"

1975 年，重庆体工队向他伸出橄榄枝，17 岁的少年走上了职业篮球之路，"记得进体工队的测试在大坪中学进行，那时不兴家长陪送，我独自前往，顺利通过。"

1975 年至 1977 年，李亚光代表重庆队出征全国比赛；1977 年进入四川队征战南北；1980 年，他进入男篮国青队，随后进入国家男篮，站上了更大的舞台。

少年心事当拏云，谁念幽寒坐呜呃！

前面，还有怎样的山与海？

三

1984 年 7 月 28 日，美国洛杉矶纪念体育场，在 8 万观众的山呼海啸中，第 23 届奥运会拉开了序幕。

中国体育军团重返奥运赛场，引起全世界的目光，也让亿万中国人深感自豪。那一刻，在《三大纪律八项注意》的乐曲声中，中国队入场了。旗手王立彬高擎着五星红旗，引来全场的掌声。王立彬身后的红色西装队列中，有李亚光的身影。是年，他 26

岁，正是运动员的黄金季。

在洛杉矶，中国男篮打了7场比赛，仅获得两场胜利——一场是小组赛第二场85∶83战胜法国队，这是新中国男篮在奥运会上获得的首场胜利；另一场是复赛中76∶73战胜埃及队，这场胜利使中国男篮最终位居第10名。两场比赛中，李亚光分别砍下31分和23分，是中国队的头号得分手。赛后，世界著名篮球报《世界篮球论坛》将他评选为"最佳得分后卫"，入选奥运会最佳阵容，称其"技术特点是攻守全面，中远距投篮准确，突破能力强，善于用脑打球"。李亚光认为，打球必须动脑子，顽强拼搏是值得倡导的一种精神，但"不动脑子的拼搏最终只是白使蛮力"。

在高速运动中，既要动脑，又要技惊四座，还要用尽全力去拼，这对一个运动员是何等的考验！他在考验中敢打敢拼，被队友称为"拼命三郎"。

1986年，西班牙篮球世锦赛，中国男篮一共出战10场，4胜6负，最终在全部24支球队中位居第9名。李亚光在场上表现出色，共有5场比赛命中率100%，成为中国队的得分王。

"当时那支中国男篮，每个人都有自己的特点，都有上场的机会。我们将12个人的力量拧在一起，发挥出最大效果，赢得了荣誉！"忆及往事，李亚光颇感自豪。

1986年，他获得国际级"篮球运动健将"称号。

李亚光个性倔强，重精神，淡名利。"当年物质并不丰富，训练费一个月才100块。我们更追求精神层面的东西，看重祖国荣誉和个人荣誉，清楚自己的价值在哪里。1984 年洛杉矶奥运会前，上面要我当中国男篮队长，我不当。为什么不当？我当不了，就不当。后来又让我当中国青年队教练，我不干，我干不了的事，为什么要硬干？"

那么中国女篮主教练呢？

"我接手了，因为我看好这批队员，我能把她们带出来。"说到执教能力，李亚光认为自己最大的特点仍是善于动脑筋，这和学习能力强有关，"我这人没其他爱好，不嗜烟酒，不 K 歌，不进舞厅，不打牌。但我喜欢看书，特别是历史、哲学、人物传记等，我都有涉猎。读书让人眼界开阔，让人融会贯通，如果一个教练只会自己专业上的那点儿东西，是带不好队伍的。"古人说"读万卷书，行万里路"，李亚光便是如此实践的。为总结篮球的成败得失，他十多次前往美国考察，边与美国同行交流，边思考中美篮球的差距究竟在哪里，改进的路径怎样去寻找等，这让他看到了许多人没看到也没思考过的东西。

1992 年，李亚光第三次踏上奥运会赛场。这次他是以主教练的身份，率领中国女篮出征。比赛中，他以郑海霞为内线作防守屏障，将更多的出手权分配给外线的丛学娣、李昕、彭萍等女将，这几名外线球员满场飞奔，不断穿插跑位，最终中国女篮连克强敌，历史上第一次闯进奥运会决赛并拿下银牌。

四

1999年，李亚光荣获中国篮协评选的"新中国篮球运动50杰"。

李亚光笑称自己身上有"好胜基因"。"基因是父母亲给的，这没办法，改不了。我父亲性格倔强刚强，十几岁就在家乡当上乡长，那是抗日根据地，后来他参加了新四军。我父母亲都上过朝鲜战场，在血与火中经历锤炼。我继承了他们的基因，战求必胜，攻求必克。我是这样要求自己和队员的。事实证明，一个人若能真正发挥他的最佳精神状态和技术水平，这支队伍锐不可当！"

说到举国体制，李亚光认为，举国体制是竞技体育的基础，国家财力有限，只能集中部分人、财、物，以便有效地发挥作用。"我认为中国的竞技体育从某种意义上说也是一种国家战略，它对提振民族自信心、自豪感，提升国家地位，是有价值的。"他话锋一转，又说，"而全民健身和竞技体育就像人的左右手，不可偏废。我们说的体育大国，关键就看全民健身的落实程度；体育强国则看竞技体育的发展，两者应该是融合的，绝不是对立的。"

李亚光现任中国篮协副主席、重庆市体育局副局长。从镇江出发到沙坪坝，又从沙坪坝出发到巴塞罗那，46年光阴荏苒，历史在轮回，但生命已然跃升。这就是一个体育人，把他的青春和汗水都奉献给了心爱的事业的故事。

我们，能读懂他的心路历程吗？

我希望可以尽我的力量挽救一些生命，

如果人人都献出一点爱心的话，那么这个世界该有多好啊！

——《大桥日记》

家国处处入梦 /

大桥上的生命守望者

◎ 胥学龙

南京长江大桥，国内第一座铁路公路两用大桥，一度是国人的骄傲。今天，一个和大桥同龄的人与大桥同在，在大桥上演绎着一个个故事，场面惊险、刺激，震撼着旁观者，感动着生者和自杀者。他——陈思，一个外来务工人员，今年39岁。

1990年，22岁的陈思来到南京。他在建筑工地上做过苦力，捡过破烂，卖过蔬菜，还开过一间杂货店。

一个偶然的机会，从外面进货回来的陈思经过大桥的时候，救下了一个女孩。女孩被同学骗了，觉得没脸回去见自己的父母，产生了轻生的念头。在陈思和热心人的帮助下，女孩买了回家的车票。

真正产生救人的想法，是因为一位亲戚的非正常死亡和一则社会新闻。一位开朗、豁达的老人，生病后由于家人的冷漠，失去了生活的信心，绝食十天而死。逝者无奈，生者悲伤，对老人的怀念让陈思感到了失去亲人的痛苦。

2003年9月10日是第一个"世界预防自杀日"，陈思从电视上看到一名三十多岁的男子从南京长江大桥北桥堡跳下去后血肉模糊的场景时，他被震撼了。生命竟是如此脆弱。

> "从今天开始，我准备将毕生的精力用到人类灵魂的挽救中去。虽然我没有多少钱，但是我有时间，有力气，有责任，我应该从死神手中多拉回来一些生命。"
>
> ——《大桥日记》

从2003年9月19日起，他开始以日记的形式记录自己在大桥上经历的事和自己的感悟。

从此以后，大桥的南堡就有了一块写着"天无绝人之路，悠一步海阔天空，善待生命每一天"的牌子。每个节假日，无论刮风下雨，桥上都会有一个戴着墨镜转悠的男子，敏锐的目光透过墨镜，观察着身边每一个人的一举一动，洞察着他们的心灵，随时准备着伸手把即将消失的生命从死亡的边缘拉回来。

从他上桥的那一天起到2006年11月13日，三年多时间里，他从桥上硬拽回来105个鲜活的生命。105个来自社会不同阶层的人物，105次惊心动魄的场面，105次生与死的较量。没有打斗的镜头，只有真情的呼唤，只有爱心的传递。

　　看见正在翻越栏杆的人，他便飞奔过去，眨眼的工夫，自杀者的身体已经偏向桥外，只是还没有松开抓住栏杆的手。当他抓住那人的一只手臂或衣服时，那人便悬在了空中。使尽了全身力气的他，脸已涨得通红，喘着粗气，大声呼喊着："快来人啊！"画面在那一瞬间定格，直到其他的救援者赶过来……"当把人拽上来的时候，手连拿香烟的力气都没有了。"想象着105个家庭免受失去亲人的痛苦，他感到满足。105个生命，不包括有自杀倾向而经他劝阻放弃自杀念头的人。

　　在空闲的时间里，他翻阅了许多心理学书籍。"轻生往往是一时冲动的结果，在这个时候只要有人拉他一把，听他说说心里话，把心里的疙瘩解开，就可能迈过这道坎。"他将自杀者作如下分类：心理疾病、身患绝症、穷困潦倒、失恋、破产失意……

　　他有时觉得自己是一个骗子，跟被救助者说，明天会更好，但实际上连自己都不知道明天会怎样。曾经有一个女孩在跳桥的时候被他救了下来，但是第二天，这个女孩又选择了另外一种方式离开了人间。他感到迷惑，觉得当时的救助失去了意义。

　　"人是救下来了，但凭我个人的能力没有办法解决他们的问题……一个人能守得住大桥，能守住城市的一个角落，但能守住他们的心吗？"

——《大桥日记》

他改变着自杀者的命运。同样，自杀者也在改变着他的命运。

他用在大桥上的精力过多，而对自己的小店管理太少，结果小店倒闭了。

在上桥的第一天，他就将自己的电话号码公布在那块牌子上，他的电话费一下从以前的每月几十元涨到几百元。

遇到很困难的自杀者，他尽自己最大的努力帮助他们，他租住的 15 平方米的小屋，曾同时接待过 5 个自杀者。现在，他在南京郊区专门租了一套房子，作为被救者的临时住所，每天，都有大学生志愿者前去为他们进行心理辅导。

3 年的时间，他挪用了夫妻共同的积蓄——8 万元。8 万元，对有钱人来说的确不算什么，但对于他们来说，却是二十多年夫妻俩辛辛苦苦积攒的血汗钱。妻子准备在家乡买一处房子，不再过漂泊的日子。他说，他的妻子很贤惠，不过问他的开支，所以至今还不知道。作为男人，他没有尽到自己的第一责任，没有给家人安定的生活。想到对妻子、对女儿的亏欠，他哭了。再厚实的肩也有承受不了的重量，再坚强的心也有脆弱的时候。

媒体的报道，让他出名了。有人打电话支持他，但也有人骂他是在作秀，在沽名钓誉。

不求有人赞扬，但求有人理解。面对责骂，他失望过。但以救人为己任的他为被挽救的生命感到安慰。

"……有的故事随江水流逝，有的故事得以挽留……"

——《大桥日记》

责任感和使命感驱使他一有空就去大桥。曾经有三十多个生命因为一步之遥，便坠入滔滔的江水之中。那些场景至今仍是他心中的痛，他强烈地自责。他怕自己偶尔的懈怠，会让一个鲜活的生命又从此消失。

他的善举感动了许多人，得到了他们的认可。现在，已经有一百多名志愿者加入了他的守望者队伍，第一个加入的就是一位被他从死亡边缘拉回来的人。每天有十多名志愿者在大桥上轮番地守望着，守望那些因为不同遭遇，想用死的方式寻求解脱的人。志愿者中有大学生，也有教授。一位南京大学的教授对他说过，他的日记坚持记下去，可能会使心理学有新的突破，因为他的经验都是来自实践，与课本上的东西有天壤之别。

我们的社会充满温暖，因为有陈思这样的好人。但在他们为我们生存的世界演奏华美乐章的时候，却总有一些不那么和谐的音符掺杂进来，让人感到些许不快。

一次，陈思将救下的一名执意轻生的女孩移交给某执法部门时，该部门一名负责人很生气地对他说："你送到我这里来干什么？当这里是收容站啊？"事后陈思再去找女孩时，发现人已经被放走，去向不明。

2005 年，南京市出台了一份文件，凡在大桥上自杀未遂者罚款 200 元。

　　"……我希望可以尽我的力量挽救一些生命，如果人人都献出一点爱心的话，那么这个世界该有多好啊！"

——《大桥日记》

　　一位网友在他的博客里留言，让陈思的救助再提升一点高度。我想说的是，他一不是社会工作者，二不是很有钱的慈善家，三不是社会的管理者，作为草根阶层的他和为富不仁者、麻木不仁者相比，已经尽了全力了，我们不能要求他太多。相反，需要提升高度的应该是我们的社会。

　　"天若有情天亦老，人如无情岂为人。"这是他几年来的心得。"人如无情岂为人"，是他为人的根本。这一根本所在，更加坚定了那颗爱人、助人之心。他在日记中写道："……故事里的人的命运自己把握，希望结局更加美好。"但愿如此吧。

青山依旧，青山无语

◎ 张　卫

"断头将军"的名字，与湖南新墙河连在一起。

"断头将军"的故乡，远在千里之外乌江岸边的大山上。

"断头将军"叫王超奎，原涪陵县庙垭乡白云村人，生于1907年，战死于1941年12月25日。1937年抗战爆发，王超奎随陆军第20军出川参战。1941年，在第三次长沙保卫战中，王超奎率部死守湖南新墙河主峰相公岭，全营五百多名官兵几乎全部战死，王超奎在与鬼子肉搏中壮烈牺牲。1988年5月3日，中华人民共和国民政部追认他为革命烈士。

勇士沉寂历史长河六十多年后，我从乌江羊角渡口上岸，翻过大山去寻找他的足迹。乌江两岸风大，盛产青菜，其茎风干后，成就了著名的涪陵榨菜。但我没想到，这样的山地里，还孕育过王超奎那样的勇士。白云村地处大娄山余脉，山青，林密。让人意外的是，勇士离家七十多年了，乡亲们居然还记得他，仍尊称他为"王营长"。

"王营长的老屋在花土沟。"乡人大的郎雪健主席带我前往王家老屋，一条青苔斑驳的石板路在深草中蜿蜒。"你看这路，是当年庙垭乡通向涪陵的唯一官道，有好几百年了。王营长参军时，就从这条官道去的涪陵，可这一走就再也没回来。"

老屋还在，一幢典型的川东民居，夹壁青瓦，大半坍塌。"听老辈们讲，我们三百年前都是湖广填四川迁过来的，"63岁的村民余中理说，"王家也不例外。他家有三兄弟，王营长是老二，他参军走后，老大王中逾和老三王玉书一直在家务农。"

村民郑继元带我跳过一道道田坎，去寻王家老坟。老坟掩映在茂密的柏树下，坟头青草萋萋，最早修建的坟落成于大清光绪三十四年。"这是王超奎祖父的。"郑继元说。我注意到几座坟茔间，还余有一小块地。"它是给王营长预留的吗？"我问。郑继元摇头："不晓得。"从老坟眺望，深秋的层层梯田上，收割后的谷垛子像排列的兵阵，远山幽蓝，一只白鹭无声地滑过水面，一只乌鸦突然从谷垛中蹿出，嘎嘎叫着，飞远。

"四十三年，望中犹记，烽火扬州路。可堪回首，佛狸祠下，一片神鸦社鼓。"脑海中突然跳出这句辛弃疾的词，让我心中一抖。

"父亲牺牲的那个冬天，特别寒冷。"已经81岁的王孝桂回忆着，他是退休教师，至今保存着父亲的遗照和遗书，"那是 1942 年初，战地邮书送到我家时，天已黑尽，大人们一拆开信，放声大哭。我也哭，那年我 14 岁，啥子都晓得了，知道父亲再也回不来了！"

那年春天，涪陵举行了隆重的公祭大会，"涪陵公园还用青沙石给父亲修了一座殉国纪念碑，我陪母亲去参加了大会，还照了相"。但年幼的王孝桂并不知道，那年春天他父亲的名字在重庆、在中国、在美国正广为传颂。背景是：1941 年 12 月 7 日，日军偷袭珍珠港，引发太平洋战争，英军驻新加坡、中国香港的将领纷纷投降，美军在菲律宾等地节节败退。危急时刻，在东方的湖南战场上，中国军民却取得了第三次长沙大捷，第九战区司令长官薛岳率 13 个军与敌 11 集团军阿南惟几的 5 个师团殊死血战，歼灭日寇 5.8 万人！胜利的消息让世界反法西斯同盟震动并深受鼓舞。

是役，川军杨森第 20 军表现神勇，特别是其 133 师 398 团二营营长王超奎率部死守相公岭，虽全营打光，但扼制了日军南下的势头，王超奎亦成中国军人保卫长沙的标志性人物。

战后，他被追授陆军中校，湖南当地将他牺牲的相公岭改名"王公岭"，新墙乡改名"超奎乡"，国共要员齐颂其勇，周恩来、宋庆龄在国民政府颁发的"抚恤证书"上题词："王超奎为国捐躯的爱国精神，永远值得人们学习和敬佩。"蒋介石、林森、李宗仁、冯玉祥、于右任等也纷纷题词褒奖。1942 年 4 月 19 日，宋美龄在美国最有影响的《纽约时报》上撰文："过去 3 个月来，我中国人民目睹着西洋军队处处对敌人屈降，但中国军队却在顽强抵抗，如在湖南新墙河，王超奎营被日军包围，五百多人全部战死。"并强调，"中国只有断头将军，没有投降将军"。

"断头将军"，成就王超奎英名。

我理解，这里说的"将军"，并非军衔上的称谓，而指所有为民族献身的军人。

1941年12月，第三次长沙会战打响前，王超奎营原本只负责新墙河警戒，并作为团预备队。但在日军进攻前的22日，398团团长徐昭坚命令他："着你营占领相公岭，至开战后死守3天，完成任务后到关王桥集合。"

相公岭是日军攻打长沙的必经要道。战斗打响后，日军精锐疯狂进攻，王超奎率部顽强抵抗，并激励士兵："为国家战，为民族死，死犹荣！"激战两天一夜，敌伤亡惨重，于是动用了燃烧弹等猛烈炮火。战至第三天下午，相公岭被团团包围，全营五百多名官兵战死大半，王超奎手下只剩三十多人，他下令突围，士兵们坚持要营长先走，王超奎大怒："时间就是胜利，兄弟们快走！"遂严令副营长杨曦臣率余兵向后方高地撤退，自己却跳出战壕，在与敌肉搏时身中数弹殉国。

"我知超奎兄已抱必死决心，唯有泪泣……"战后，杨曦臣在写给王超奎家人的信中说。作为生死兄弟，杨曦臣随王超奎出川后，参加了淞沪、南京、安庆、桐城、武汉、长沙保卫战，但杨曦臣并不知道，王超奎在出川路上，已写信向家人表达了决心：

"祖母、慈母：我部奉命开赴上海，即将投入战斗，希二老不以儿男为念！儿已抱定宗旨：以身殉国，战死沙场为荣！"

1941年12月25日夜，军长杨森破例用密电向重庆报告了王超奎阵亡的消息。

战时密电一般用词简洁，但杨森在当天的电文中，却用了"十里纵横据点敌我混战，枪炮声及轰炸声历历可闻，我伤亡惨重""激战终日，雷雨交加，猩红满地""杨军与优势之敌浴血苦战……有全营共阵地俱亡者"等描述。密电中，"全营共阵地俱亡者"，即王超奎营。事实还在于，杨森第20军主要由川东子弟组成，巴人（川东古属巴国）尚武，不战则罢，战则死战，要么惨败，要么惨胜，如第20军在淞沪前线死守陈家行，伤亡8000人；在湖南三战新墙河，死伤5000人，王超奎只是众多川东子弟的一个代表。

古称微水的新墙河，源自湖南平江，流经岳阳入洞庭湖，全长108公里。这本是一条默默无闻的小河，但自1939年后，日军数次进攻长沙时，它竟成为难以逾越的防线。中日两军在沿河两岸激烈争夺，死伤累累，新墙河也一夜成名，被称为"东方马其诺防线"。

这条防线今天是啥模样？

"在前往相公岭的路上，新墙河沿线为黄土层，但令人诧异的是，在当年最惨烈的两个战场——傅朝村和相公岭，沿途皆为触目惊心的红壤！"有记者曾对新墙河战场做过详细考证，虽遗址多已沉入新墙水库库底，但仍挖掘出王超奎鲜为人知的细节：

新墙镇马形村 81 岁的志愿军老兵潘振华，在新墙河血战打响时刚 15 岁，他目睹了王超奎营的整个战斗过程。忆及往事，他数度沉吟落泪："我家驻扎着二营的机枪连。'打得赢你就打，打不赢自己提脑壳来！'这是王营长对机枪连连长下的命令。机枪连连长姓邓。那天晚上九十点钟，下大雨，日本人攻过来。邓连长提起枪就上山，出门时对我父亲喊：'鬼子来了，你保得住你的命是好的，你要是保不了你儿子的命，就让你儿子跟我走！'我就跟邓连长上了阵地。山上工事用树木围起来，战壕有一米多深。那一晚枪、炮、雨都没停，天亮后，我发现自己坐在一挺机枪上，邓连长见了，着急地叫：'小鬼，小鬼，那上面坐不得，鬼子会打死你的！'"

"王营长的指挥所就在我们旁边，他的任务是守三天。打了两天一夜，一个营没剩几个人了。到第三天下午，鬼子越来越多，从四周围上来。王营长下令突围，但他明白自己不死，他的兵就不走，于是他选择了死！"

潘振华回忆，王超奎阵亡后，遗体被部下抢出阵地，用一个帆布担架抬着，往 133 师指挥部关王桥突围。"我一直跟在他们后面，每过战壕沟坎，抬不稳，我就上前去将王营长的脑壳托起来。"133 师副师长向廷瑞在回忆录中写道："王超奎的遗体抬至关王桥，全身伤痕累累。133 师师长夏炯听了士兵的哭诉，解下将校服盖在王超奎身上，随即抚尸恸哭，在场官兵无不落泪。"

在后来的反攻中，398 团负责消灭日军炮兵，官兵满怀复仇怒火杀入敌阵，其中一名战士手刃 6 名鬼子，并夺得一门山炮，战友把他抬到师部时，他胸前还横挎着缴获的机关枪。

"请注意，我父亲不是抓壮丁抓走的，而是投笔从戎！"王孝桂说。据县志载，杨森部 20 世纪 30 年代曾驻扎涪陵，"当时庙垭乡去考军的青年有七八个，大多吃不消军训那个苦，开了小差，但父亲坚持了下来，因为父亲从小敬仰岳飞，国难当头，他选择了从军。"

风烛残年的王孝桂今生最大的愿望，是去湖南给父亲扫墓："但去不了，身体和盘缠都是大问题。又听说，父亲的坟早就沉到水底了，唉！"

"千古江山，英雄无觅，孙仲谋处。"在勇士的家乡，我还能寻觅到什么？斜阳给王家老坟前的稻田镀上一层金红，四野无声，唯风语轻柔，似在叩问："王营长的英魂能回故乡吗？"

青山依旧，青山无语。

谁也无力阻止亲历者们的消逝，
但还有多少人在注视他们渐行渐远的背影？
我们又该用怎样的仪式，向他们致敬？

家国处处入梦 /

致敬，向那些渐行渐远的背影

◎ 刀　口

重庆东郊，有座铜锣峡。

暮春，黄金周，我走进它。东下的长江受山脊挤压，顺峡谷猛地拐个弯，先向北，再向东，便在峡口留下一个硕大的回水沱，当地人称郭家沱。抗战期间，郭家沱是兵工署第50兵工厂所在地。第50兵工厂是战时编制，原系广东浈江炮厂，内迁落户郭家沱后，就在山沟里轰轰烈烈地搞起了火炮生产，产品包括战防炮、82迫击炮等，曾在滇缅抗日前线发挥巨大威力。

进入厂区乱走，满眼皆绿，香樟、苦楝、皂角树像一柄柄巨伞，遮去火红的日头。一排排车间年代久远，破败的屋檐下，鸟雀啁啾进出。可能是因为放大假，车间寂静无声。当年的那些老兵工呢？

他们还在，但差不多都安睡在郭家沱后山上了。后山松林遮天，拨开乱草，一座座墓碑上，籍贯天南海北。碑下的他们头枕大山，山下，是日夜奔涌的长江。

这是一群几乎被忘却的人。

70 年前，烽火连天，他们辗转迁徙重庆。虽然他们没和鬼子真刀真枪地拼杀，但仍在历史深处留下足迹。许多年后，当重庆的吊脚楼、灰砖车间、苦楝树、旧式马达被扩城风暴一片片吹走后，还有多少人知道他们？

我努力寻找着。黄焕章，82 岁。当我走进他家时，大病初愈的老人一脸蜡黄，艰难地喘气。如果不介绍，谁也想不到他是我国著名的火炮专家，20 世纪 50 年代在苏联哈尔科夫留学，吴运铎（《把一切献给党》作者，又称中国"保尔"）是他的班长。"我和吴先生一起在苏联学军工，回国后开发出新中国第一门 100 毫米高炮。"当话题转到抗战时，黄焕章的眼睛蓦地发亮："这辈子，我最不能忘的就是那段日子！我 16 岁进重庆第 21 兵工厂轻机枪车间学钳工。"黄焕章说，钳工是机枪工序中最重要的工种，"一挺机枪是否合格，关键靠钳工的技术。"钳工负责对半成品进行打磨、调准星、装配等。"机枪出厂时检验相当严格，每支枪都必须试靶，100 米外竖一块靶子，要求 5 发子弹都得打中 10 环，才能将靶测纸和枪一起装箱编号，送往前线。否则就得返工。"按规定，黄焕章要三年后才出徒，但由于前方战事紧，他一年后就独立操作了。

"我们仿造捷克式，这种枪比日军的'歪把子'强多了。"黄焕章说，他们每月最多可造 300 挺，"我的任务是一天一挺，几年下来，我亲手造了几百挺机枪。"

当时的第 21 兵工厂，员工最多时达 1.5 万人，是大后方最大的兵工企业。当时第 21 兵工厂除能生产火炮和轻重机枪外，"最值得一提的是中正式步枪，"老兵工王志光说，"这种步枪是当时抗日军队使用最多的枪。1940 年 8 月，第 21 兵工厂奉令筹制，由工程师赵国才、施正楷以德国九八式毛瑟步枪为蓝本，画了两万多张图纸，耗时多日才研制成功。该枪有零件 94 个，其精确度和耐久性均超过日军的'三八大盖'，送上前线后大受欢迎！"

在重庆长江电工厂（原第 20 兵工厂），我寻访到 85 岁的周建国。生于 1922 年的周建国温文尔雅，但他那双大手青筋鼓胀，一看就知道干过重活。"我 19 岁进厂，当时工厂主要造子弹。"周建国被分配到白铁房。白铁房专门做子弹箱，材料是从美国进口的镀锌白铁皮，长 2 米，宽 1 米，厚 0.5 毫米。"每个弹箱长 370 毫米，宽 150 毫米，高 108 毫米。"时隔多年，周建国仍清楚地记得弹箱的规格尺寸。"做工一点儿不能马虎，因为每箱要装 400 发子弹，大了小了都不行。"他说，那时做弹箱没机器，全靠手工，用一尺多长的大剪刀剪铁皮，"我力气大，一般人只能剪一张，我把两张摞起来剪，每天的工作量是 60 个弹箱，堆起来有半间屋。"

"我们的子弹送到前线后，战士们用刺刀刷地将白铁皮戳开，一看是第 20 兵工厂的子弹，都要击掌欢呼。"周建国说，"因为第 20 兵工厂的子弹质量好，不卡壳。你想嘛，步枪射速慢，万一卡壳，岂不要了战士的命！"据该厂厂史记载，第20兵工厂当年共生产子弹5.7亿发，"这关键还靠咱们厂长，他叫陈哲生，留学法国的工学博士，回国后授少将军衔。为造子弹，他舍了命干。陈厂长后来移居加拿大。那年，我们把厂史辗转送到他手里，九十多岁的老人热泪长流，连声说，祖国没有忘记我啊！"

而1942年进第25兵工厂的郑守权，分到车间后就开始制造子弹。"我进厂时，工厂正紧锣密鼓地挖山洞。鬼子飞机太凶了，那年端午，炸死我们4名工友，还把工厂的永安号拖轮炸沉了。"为了对付轰炸，全厂挖了四十多个山洞，"机器都搬进去，外面炸得再凶，我们在洞里照样生产。当年12月，工厂就具备了月产600万发子弹的能力。"

在8年的浴血奋战中，像黄焕章、王志光、周建国、郑守权这样的兵工人，在重庆记录在册的共计94493名。如今，他们中的绝大多数已经作古，而他们用心血、汗水甚至生命凝聚的兵工长城，还有多少人知晓？

1937年，"七七事变"后，全国近30家兵工厂奉命内迁，重庆成为首选地。当时重庆辖区仅46.8平方公里，人口四十余万。如此狭窄的地域，竟先后建起17家大型兵工厂，聚集了九万多员工和数十万家属。由于工厂大多选址在长江、嘉陵江两岸，正好成为日军轰炸的靶子。兵工署长俞大维认为不妥，当即从汉口发电，严令兵工署重庆办事处处长胡愵："在渝各厂现觅地点皆嫌密集，着即疏散。"胡奉令召开各厂负责人会议，要求疏散，但与会者吼得更凶："重庆多山，为急谋复工，土石方工程浩大，且如果远离市区，电力供应困难，何时才能给前线提供械弹？"于是便形成今天的格局：两江河谷，遍布兵工企业。

那么，兵工人当时的精神状态如何呢？

"战以止战，兵以弭兵，正义的剑是为保卫和平……"这是当年第 21 兵工厂厂歌的开头。王志光得意地对我说："咱的厂歌来头不小啊，它由郭沫若作词，贺绿汀谱曲，这样的厂歌在全国都不多吧？"

歌声背后，是兵工人流汗流血的坚守。周建国告诉我："老实说，剪白铁皮是很苦的事，我经常剪得满手鲜血，但不能停，前方等着子弹呀！全厂每月必须生产 900 万发，谁敢懈怠？"他又说："你们这代人可能不太理解我们那代人的心情。我们对鬼子的恨，是恨到心里头的。那时我们听说了南京大屠杀，经历过'五三''五四'大轰炸，作为兵工人，咱得为国家尽力呀！"据老兵工们回忆："当时加班加点是常事，每天至少工作 10 小时，有时达十四五个小时。但谁也没怨言，都知道是为前线干。"期间，兵工人还因日机轰炸死伤数百人，但工友的鲜血并没动摇人心，而是"上下一心，坚逾金石"。正是九万多兵工人的同仇敌忾，才使重庆兵工系统 8 年共生产各种枪弹 8.54 亿发，步枪 29.34 万支，轻机枪 1.17 万挺，马克沁重机枪 1.82 万挺，火炮 1.4 万门，炮弹 599 万颗，甲雷 43 万个，手榴弹 956 万颗，各式掷弹筒 6.79 万具，掷榴弹 154 万颗，炸药包 376 万个……"如果把它们堆起来，那可真是铜墙铁壁啊！"

"哪怕日本飞机炸得再凶，第 21 兵工厂也没停过一天工。但
1945 年 8 月 15 日那天，我们停工了。那天，鬼子投降了！"黄焕
章说，"大伙儿从广播里得知消息后，立即坐船到市区去游行，有
人还在厂里敲锣打鼓，洗脸盆都敲坏了不少。好多人都哭了，不
容易啊！"

除了工人们废寝忘食外，各厂厂长更是殚精竭虑。据老兵工
们介绍，当年他们的厂长大多留过洋，"也就是今天说的'海归'
吧"。如第 21 兵工厂厂长李承干毕业于日本东京大学，终身未婚。
从 1919 年进汉阳兵工厂到主持第 21 兵工厂，他在兵工界服务
三十余年，先后改进了陆军 82 炮、马克沁和捷克机枪、中正式步
枪。这些海归学子，当年大多三十余岁，风华正茂，为民族存亡，
他们奉献了才情与年华。兵工署长俞大维更是传奇人物，他的外
曾祖父是曾国藩，表哥是陈寅恪。俞大维曾先后留学哈佛大学、
柏林大学，听过爱因斯坦授课，是国际著名的弹道专家。

这一切，都远去了。当年九万多名兵工战士，如今仅余数百
人。谁也无力阻止亲历者们的消逝，但还有多少人在注视他们渐
行渐远的背影？我们又该用怎样的仪式，向他们致敬？

最浪漫的事

◎ 向　响

　　这天下午太阳还晒得人的皮肤烧灼样痛，临近傍晚天上却无声无息地下起了大雪。守护 8 号床伤员的新兵坐在 7 号病床上，斜靠着墙壁蜷曲在军大衣里睡着了，8 床一直是半睡半醒的。今天是手术后的第八天，手术处本来不会疼痛了，但他一直感觉那双压榨太久的腿还在痛着。医生说这是一种心理反应，他不服气医生的诊断，医生只好每天安慰性地给他两片冒充止痛片的维生素。他从没因那扯着心的痛哼一声，因为他是一个兵。但现在下腹部膨胀的膀胱却让他难以忍受，一天输两千多毫升的液体，膀胱一会儿就会充盈。他歪过头叫新兵给自己拿尿壶，不想那个 19 岁的小伙子，半张着嘴睡得正香。为照顾他，这孩子一晚上得起来好几次，他不忍心也不好意思把他从甜梦中叫醒。小便壶就在床边的一个椅子上，他努力挪动着自己笨重的身子，想自己解决问题，头上都挣出汗珠子了，还是离小便壶有半尺远。走廊上有护士推着治疗车走动的声音，但从声音判断，一时还不能到这个病房。他为自己不能解决这么简单的问题又羞又恼。情急中看到床头柜上放着的军绿口缸。他抓起口缸塞在被子里。大半缸冒着热气的小便让他这么放在了床头柜上。他松了一口气，管他呢，人急了啥都不在乎。

今天是她休假后第一天上班。晚上12点有七八个打针和吃药的病人。她推着治疗车一个一个病房处置。到8床后她照着服药本核对了床号，就习惯性地提着水壶给病人倒水，一端起床头柜上的缸子发现杯子里盛着大半杯黄澄澄的东西，这东西她太熟悉了，当了3年护士，天天早上送标本都见着这东西。她生气地皱着眉头压低嗓门儿说："你装什么怪?"

他闭着眼睛不理她，他心里烦乱得不想理睬任何人。

她知道有些兵就是调皮捣蛋，专门借题发挥，干损人的事情。她咬着牙凑近他低声说："你现在是个兵，不是在自己家里，要讲文明、讲卫生。"

眼泪顺着他的眼角流下来，是呀，他也知道自己是个兵，兵是最讲卫生的，他们寝室、食堂地都拖得锃亮，有个送菜的老百姓说："你们这食堂啊，包子掉地上了，我捡起来就可以吃，太干净了!"

讲卫生是他当兵后最大的收获。她看着他的眼泪，气愤他居然不说一声对不起，就更加生气地低声说："你还哭呢，你好意思……"

话还没说完，他一伸手端着床头柜上的半缸子尿，一把给她泼在了身上。缸子摔在地上，咣啷啷的声音惊起了病房所有的人。现在是凌晨，时光在那一刻凝固，她惊愕地看着那双又羞又怒的眼睛。他一把扯掉自己身上的被子，指着截掉了的双腿带着哭腔说："你以为我想这么做吗？你以为我真的不讲卫生吗？"

新兵已经惊醒，他吓坏了，一切都是因为他睡着了而引起，他几乎是半跪着对护士说："对不起，都怪我，都怪我。"

她跑出病房，在走廊的墙壁上趴着嘤嘤地哭了起来，身上的工作服被尿泼湿了一大片。当护士以来她从来没有遇到过如此尴尬的事。新兵又追出来给她道歉。她哭了一阵回到办公室，把自己泡方便面的缸子洗干净，重新倒上水，端到8床面前请他把药吃了。他紧闭着眼睛，不张开自己的嘴，后来还是新兵给他把药喂了进去。

早上排长来的时候，新兵背着他给排长汇报了昨天晚上发生的事情。只比他大两岁的排长一听，当即指着他的鼻子大骂："你他妈混账，人家还是个姑娘，你往人家身上泼尿。人家说你，说错了吗？我知道你心里苦、心里烦。你今天没有双腿了，可没有腿也应该是一个有教养的兵！"

是呀，当兵后他还有一个最大的变化就是学习进步了，过去在家里他是三棒子打不出个屁来，现在他在班务会上发言，从来都是条理清楚，写的家信也连带着天下事、国家事，一直在公社当会计的父亲也来信夸他现在是文明做派的人了。可自己昨天晚上都干了些什么？他哀伤地看了排长一眼，偏偏排长理解错了他的意思，火气更大："你觉得我说话轻松吗？是呀，今天你躺在这里，说不定哪一天我们之中的谁也会躺在这里，但这不应该是咱们发火出气的理由。因为从当兵的那一天起，咱就应该有这个准备。"

他其实早就后悔自己昨天的冲动，但他没有脸开口给人家道歉，再说人家也许听都不想听他道歉。排长在病房里走来走去，这个才二十五六岁的小伙子，因为排里出了翻车的事故本来就肚子里窝着火。今天自己的兵又这样欺负人家护士，真是给自己丢脸。他看排长气成那样更是后悔，终于鼓起勇气说："排长，我错了。"

"你给我说有屁用，你该当面给人家说。"新兵赶快汇报他才打听到的消息："人家今天下夜班了，要休息两天。"

他想着这两天那位护士不知要躲在家里哭多少回，自己就更难受起来，一行眼泪无声地流了下来。

"你哭个屁，明天我去给人家道歉，我相信她能原谅你。"

大雪下了两天，两天后上班的她路过操场，一个兵站在操场银白的松树下，手里拿着一把山上采的野花。这花叫不出名字，七月山上到处都能采到，但如果逢上七月下雪就不那么容易见到它们。看她走过来，这兵上前说："我是 8 床 XXX 的排长，今天我代他来向你道歉。"她没想到这个拿花的兵会是等自己的，一下子有点慌。她急忙避开他，深一脚浅一脚地往前跑。那个兵追上来说："我们全排的同志请你原谅他。"

她仍然自顾自地往前走，其实那天她在走廊里哭的时候，已经原谅了那个失去双腿的战士，她哭是因为自己不能原谅自己。今天这排长来送花，她觉得自己不配。

排长以为她还在生气，就在后面大声地说："请你原谅他吧，他才 22 岁，刚刚谈了对象，可是现在一切都没有了，因为这次事故，我们排的先进红旗也没有了，我还要受处分。不过这些都不重要，重要的是他下半辈子……"

她在雪地里站住了，她才知道这个受伤的兵和她一样的年纪。她知道如果今天不接受这束鲜花，那么那个受伤的兵和他们全排的战友都会难过的。她转过身接过了排长手里的花。

"我不是不原谅他，他没有什么需要人原谅的。我接受你送的花，是因为下雪的天，在高原看到这样的花不容易。"

她走了，排长在她身后大声喊着："你记着，只要我们排的汽车上来，我们就给你带花。"

那时有一首歌叫《年轻的朋友来相会》。她军医学校的同学把她们毕业后最盛大的一次聚会定在毕业 20 年后的八一。聚会上大家有个决议，就是每个人用 5 分钟讲一讲在这 20 年里你觉得最浪漫的一件事。轮到她的时候，刚巧邮政快递送进来一大束带露的玫瑰，花是一位飞回上海的女同学当年的初恋情人送的，因为他们已经分别了快 20 年了。为这现场发生的浪漫，大厅里顿时一片欢呼，等大家都静下来的时候，她微笑着望着窗外林立的高楼，回忆起那片银色的群山，她告诉了大家上面的那个故事。

"20 年前，当都市都还没有花店的时候，我一年四季都能得到汽车兵们带给我的鲜花，这些鲜花开在海拔不同的山坡或峭壁。它们的开放与爱情无关，但对于我来说，它是我 20 年里感受到的最浪漫的事。"